VAGABONDE

VAGABONDE

Les voleurs de têtes

HERVÉ JUBERT

Collection dirigée par Guillaume Lebeau

RAGEOT ✱ *THRILLER*

Cet ouvrage a été imprimé sur un papier
issu de forêts gérées durablement,
de sources contrôlées.

Couverture : © Comstock/Getty Images.

ISBN : 978-2-7002-3619-4

La disparition

J -247

Voilà. C'est moi. Billie Bird. Quinze ans.

En troisième au collège Alphonse-Allais de Garges-lès-Gonesse et en vacances depuis hier.

Collégienne le jour. Voleuse la nuit.

Où je suis ? À Paris, dans un café au bout de la galerie Vivienne.

Quand ? Le soir, à l'heure de fermeture des bureaux. Il fait froid pour un mois d'avril. Et la nuit tombe vite.

Pour faire quoi ?

Flûte. Le trou de mémoire.

Quatre mots tournent dans ma tête : Incursion. Escalade. Vol. Extraction. Ah oui ! Je dois dérober quelque chose dans les coffres de la Banque de France. Il suffisait de le dire. Unité de temps, de lieu, d'action. Tout se remet en place. Y a plus qu'à.

Je sirote un chocolat chaud brûlant en surveillant la sortie de la Banque de France côté rue Croix-des-Petits-Champs. Les employés franchissent la grille. Portes blindées. Caméras. Détecteurs de mouvement et de chaleur. Cages infrarouges. La totale pour protéger cent trente milliards de milliards d'euros en lingots d'or.

Le thème de *Goldfinger* m'accompagne en musique de fond.

Cent trente milliards de milliards d'euros ? L'or, je m'en fiche.

Je finis mon chocolat chaud, remonte le col de mon imper en cuir vert, sors du café, gagne le sas du distributeur d'argent de la Banque de France. J'extirpe une carte de mon imper sans me cacher de la caméra et du vigile à l'autre bout de la caméra qui, en ce moment, m'observe. Je parais plus vieille que mes quinze ans. J'en ai combien... vingt ? Trente ? Et cette charmante jeune femme va, dans quelques secondes, s'attaquer à l'un des sanctuaires les mieux protégés de la République.

Tic-tac, tic-tac, tic-tac. À cette seconde précise, il se passe un million de choses. Entre autres, je fais semblant d'insérer une carte dans le distributeur alors que, dehors, les lampadaires s'allument. J'ai une réaction qui pourra vous sembler étrange. Je me jette dans un coin et je me protège le visage avec les bras.

Le distributeur, la caméra, le lecteur de carte sur la porte, les ampoules LED encastrées dans le faux plafond... tout explose. Les rideaux anti-effraction tombent d'un coup sur l'entrée et m'emprisonnent. Cool. Mon plan se déroule impec.

Tout ce qui est branché sur une prise électrique dans la Banque de France – ordinateurs, cafetières, lumières, photocopieuses, téléphones portables en train de recharger... – rend l'âme dans des gerbes d'étincelles. Des départs de feu vont se déclencher, puis une belle pagaille. Pompiers et policiers auront du mal à pénétrer dans la Banque qui, comme ce sas, vient de se refermer sur elle-même.

Tout cela grâce à moi ! Eh ouais. Comment j'ai fait ?

Re-flûte. Un nouveau trou de mémoire.

Je me concentre...

– Quel coup magistral ! Billie Bird, vous êtes une championne. Mais comment avez-vous fait disjoncter la Banque de France ?

Là, je suis au journal de vingt heures. Je réponds à une interview après ce vol qui restera dans les annales.

– Les lignes électriques avaient été vérifiées dans la journée. Elles courent sous le trottoir et sont accessibles par une plaque de fonte. C'est ballot. Un des techniciens pensait à autre chose. Il a rebranché la Banque sur le réseau d'éclairage public.

– Vous voulez dire... les lampadaires ?

– C'est pas vraiment le même voltage que dans votre salle de bains. Quand le type préposé à l'allumage du premier arrondissement a basculé son levier, il a aussi « allumé » la Banque. D'où les explosions, la pagaille, etc.

– Malin. Et votre complice, celui qui est à l'origine de ce... sabotage ?

– Un intervenant ponctuel. À l'heure qu'il est, il se dore sûrement la pilule dans un paradis fiscal. J'ai déjà oublié son nom.

– Vous avez la réputation de travailler seule.

– Faux. Trois amis m'accompagnent en permanence.

– Voilà un scoop ! Qui sont-ils ?

– Audace, Imagination et Ruse.

Revenons au sas bancaire où je suis coincée, dans le noir total. J'entends des sirènes de police, à l'extérieur. Faudrait pas trop tarder, ma vieille. J'ajuste mes jumelles de vision nocturne. L'environnement m'apparaît vert scintillant, vu au travers d'une gelée extraterrestre. Je sors l'étui antichoc de la poche intérieure de mon imper et le cordeau de penthrite roulé à l'intérieur.

J'adore le tétranitrate de pentaérythritol. Ça se travaille comme de la pâte à modeler et c'est ultrapuissant. En plus, celui-là sent la framboise. J'applique des gommettes autour du distributeur. Je plante un mini détonateur dans une des gommettes, au pif. Je le programme sur dix secondes et me remets à l'abri dans le coin opposé, en position fœtale, les index dans les oreilles.

BOUM. Soit ma version courte de « Sésame, ouvre-toi ».

Le distributeur bascule vers l'avant et révèle une jolie ouverture carrée. Je m'engouffre dedans.

En face de moi, un couloir s'arrête sur une porte blindée. Un monte-plats est encastré dans le mur, sur ma droite. Génial. Un ascenseur personnel. À ma taille en plus !

Je me glisse dans le monte-plats. Je referme le panneau et tire sur le système de crémaillère pour me hisser au premier étage. Je ne suis pas claustrophobe et j'ai de jolis petits bras musclés. Deux minutes plus tard, je me déplie sur le tapis moufmouf qui décore le non moins moufmouf bureau du gouverneur de la Banque de France.

Cette pièce recèle un objet qui vaut mille fois son pesant d'or. Je le sais grâce à mon informateur privilégié. J'ai nommé – tadam ! – la Télé. Je lui mets une majuscule parce que je lui dois beaucoup.

Je fais du handball au collège. Mais mon sport préféré c'est le zapping en position longitudinale. Lors d'une de mes séances intensives de saut de chaîne en chaîne, je suis tombée sur un reportage du genre « Les secrets des monuments français. » Le journaliste détachait bien les syllabes, comme s'il s'adressait à un troupeau de débiles profonds. Le gouverneur de la Banque de France, Marc-Antoine de Jenesaisplusquoi avait invité les caméras dans son bureau. Dans *ce* bureau.

Y conservait-il des objets de valeur ? Oh des bricoles. « Allez, monsieur le gouverneur, montrez-nous quelque chose. Bon, si vous insistez. Dans ce meuble à cylindre de style Louis XV, il y a un coffre. Et dans ce coffre, il y a… »

Le sentiment d'urgence me pousse à l'action. Je m'assieds devant le meuble et soulève le cylindre. Il révèle un coffre à pavé numérique. J'espère qu'il fonctionne avec un code à trois chiffres et pas à six ou à neuf. Je sors une petite boîte ronde remplie de talc. Je souffle vers le pavé numérique puis j'époussette. Le talc reste fixé sur les trois touches que le gouverneur a l'habitude d'enfoncer pour ouvrir son coffre-fort.

Monsieur est droitier. Comme tout Occidental qui se respecte, il va du haut vers le bas... Je trouve la combinaison en moins de cinq secondes. Le coffre s'ouvre. J'en extrais une boîte métallique de dix centimètres de côté qui contient un objet moitié moins grand.

Graal du soir, bonsoir.

Cette matrice servira à imprimer les hologrammes de sécurité sur les futurs billets de cinq cents euros. Petite merveille de technologie que je revendrai une fortune aux assurances. Ça leur coûtera moins cher que d'en refaire fabriquer une. Hop. J'empoche la boîte et passe à la phase extraction de mon opération.

C'est bien joli d'atteindre le Saint des Saints et de piquer l'idole. Encore faut-il réussir à s'éclipser. Je ne vais pas revenir sur mes pas, mais emprunter un chemin vieux comme les Enfers, celui des égouts dont je suis une spécialiste.

Me glisser dans les interstices, je connais. Papa m'appelle son petit rat. Un des premiers bouquins qu'il m'ait donné à lire était *Oliver Twist,* de Charles Dickens. Oliver gagne ses galons de cambrioleur en glissant par les soupiraux, exercice que j'ai pratiqué je ne sais combien de fois.

Je sors du bureau et m'engage dans l'escalier à double révolution. Deux volées se superposent sans se croiser, comme une double hélice ADN. Je sais qu'en bas il me suffira de soulever une trappe pour me glisser dans un boyau à hauteur d'homme, sans doute protégé par une grille. Mon chalumeau de poche réglera ce détail. Une balade à croupetons et je déboucherai du côté de la Bourse. Un jeu d'enfant.

Donc je prends l'escalier. Des ouvertures, dans la cage centrale, offrent un aperçu de l'autre volée. Tout à coup, je m'arrête net. Un homme m'observe depuis l'escalier bis. Lui aussi porte des lunettes de vision nocturne. Différence notable, il pointe un pistolet muni d'un silencieux vers moi.

Il tire.

La balle transperce mon fantôme. Je suis déjà en train de remonter. Je vois le type par les ouvertures, en contrebas. Il s'est lancé à ma poursuite. Est-ce un gardien ? Mon petit doigt me dit que non. Impossible de l'identifier avec les lunettes. En tout cas, côté présentations, il est du genre direct. Et je ne suis pas armée.

J'atteins le deuxième étage. Mon poursuivant va surgir de l'autre côté de la cage d'escalier. Je fonce dans le couloir droit devant moi.

Vingt mètres plus loin, à un coude, je me retourne. Le type me vise et tire. Le plâtre vole en éclats derrière mon épaule. Je franchis le coude, pousse une porte au hasard. Un bureau. Des étagères. Une fenêtre. Je l'ouvre.

– Oh non…

Dix mètres de vide entre le bitume et moi. Un échafaudage volant est accroché à la façade de l'autre côté de la rue. Pas le choix, Billie Bird. Oiseau ou pas oiseau, va falloir voler. Je coince la porte avec le bureau, histoire de gagner quelques secondes. Je retourne à la fenêtre. Près de trois mètres en vol plané. J'hésite.

Un corps s'abat contre la porte. Le bureau avance de dix centimètres. Une main se glisse dans l'ouverture.

Je cours, bondis, vole. Les toits des voitures et le bitume défilent sous moi, comme au ralenti. Je tends les bras pour saisir les barres de l'échafaudage. Je les rate et traverse la toile pour m'écraser lamentablement sur une passerelle.

– La vache !

Je me relève, le côté droit en feu. Mon poursuivant fixe la déchirure que je viens de créer. Il retire ses lunettes. Moi aussi. Je ne vois pas son visage mais la gueule de son arme braquée sur moi. J'ai une fois de plus le réflexe de grimper. Des sirènes de police hurlent aux deux bouts de la rue. Les échelles m'amènent sur les toits du Palais-Royal.

Le sud est face à moi et les toits du Louvre plus loin. Comme une promesse d'échappatoire. Je peux encore m'en tirer. Je pique un sprint atmosphérique sur cette autoroute de plomb. Je ne suis pas mauvaise à la course mais le type m'imite, de l'autre côté de la rue, sur les toits de la banque. Il court et ne vise pas. Il va bientôt être coincé. Eh eh. Ses toits s'arrêtent court alors que les miens continuent.

Je n'en crois pas mes yeux lorsque je le vois s'élancer par-dessus le vide, en biais, et atterrir vingt mètres derrière moi. Il a des ressorts à la place des semelles ? C'est Iron Man, ce mec ? Une lame de plomb saute près de mon pied droit et me taillade la cheville. Maintenant il tire, l'arme à bout de bras. Pour la première fois, j'entrevois la possibilité de mourir.

Une balle me frappe à l'épaule. Le choc me fait trébucher. Bizarrement, je n'ai pas mal. Je suis arrivée au niveau de la cour du Palais-Royal quadrillée par les colonnes de Buren, en contrebas. Je perds l'équilibre, dans un mouvement de toupie, je me tourne vers mon poursuivant. Son visage est flou. Je bascule en arrière. Je tombe. J'attends le choc qui me brisera la nuque en me disant : « Pardon papa. Je ferai mieux la prochaine fois. »

– Prends ça, espèce de vomi puant !

– Hein ?!

Je surgis, hébétée, de ce rêve prenant. Mon frère joue à un jeu vidéo où on tape sur des lapins crétins. Je suis allongée dans le canapé du salon. J'ai la bouche pâteuse. Je jette un coup d'œil à la pendule. Bientôt onze heures. Je me suis endormie devant la télé hier soir. Bravo. Je m'assieds, je bâille et je m'étire.

– T'as petit-déjeuné ?

Séraphin, huit ans, angelot blond à qui il manque les dents de devant mais qui fait craquer toutes les filles à l'école, ignore ma question. Je la répète en hurlant. La réponse est non.

– Tu joues depuis combien de temps ?

– Sais pas.

S'il était un peu plus malin, il aurait répondu « cinq minutes ».

– Éteins tout de suite.

– Attends. (La réponse habituelle.) Faut que je sauvegarde.

En effet, il sauvegarde sa partie avant d'éteindre la Wii. Je n'ai pas eu besoin de lui taper dessus. Bluffée je suis, dirait Yoda. Ou alors, je rêve encore.

– Papa est rentré ?

– Non.

Deux jours et trois nuits qu'il aurait dû revenir. J'appelle pour la quinzième fois sur son portable. Répondeur.

– Tu crois qu'il est parti en vacances sans nous ?

– Sans nous ? Il s'ennuierait à mourir !

Je revois papa nous annoncer :

« – On décolle à midi de Roissy et on s'envole pour la Grèce !

– On va faire quoi ? demande Séraphin.

– Visiter des champs remplis de cailloux, manger de la moussaka...

– C'est quoi de la moussaka ?

– Un plat typique. Tu vas aimer.

– Y a quoi dedans ?

– Aubergines, oignon, viande hachée, tomates.

Séraphin se compose une tête d'enfant possédé par une entité démoniaque. Son verdict tombe :

– Dégueu.

Je me glisse dans la conversation.

– On aurait pu y aller avec la Vagabonde ?

– Je n'aurai pas le temps d'aller la chercher. La Grèce, c'est loin. Et puis, avant de partir, j'ai une dernière affaire à régler. »

Une dernière affaire à régler...

– Il est où papa ? s'inquiète Séraphin.

Ne pas paniquer. Je suis en charge de mon petit frère. C'est une responsabilité de taille. Je regarde ce qu'on a à manger. Un reste de pizza d'hier soir. Un demi-melon. Un fond de lait à l'odeur suspecte. Je fouille mes poches. Il me reste une vingtaine d'euros. Pas brillant brillant.

– Habille-toi.

– On va au MacDo ?

Une des obsessions de Séraphin. Je respire profondément.

– Non. On va s'acheter de quoi se préparer un petit-déjeuner de roi.

Puis déjeuner de prince, puis dîner de gueux. Vieil adage paternel.

– Céréales, saucisses, pancakes !

– Si tu veux.

– Cartes Pokémon ?

– Tu peux toujours rêver.

Je m'enferme dans ma chambre pour m'habiller. À double tour. Séraphin n'a toujours pas compris qu'il faut frapper avant d'entrer. Ou il fait semblant de ne pas comprendre. Dans le salon, je l'entends se battre contre des ninjas imaginaires. J'implore :

– Papa. Reviens vite. Please.

Une heure plus tard, nous nous sommes empiffrés de céréales, de saucisses et de pancakes, dans le désordre. Séraphin joue avec ses cartes Pokémon. (J'ai craqué.) Je termine la vaisselle, ramasse le courrier que le concierge nous a monté, l'ouvre. Des pubs et une facture d'électricité. Je la pose en évidence devant l'ordinateur.

La pendule se met à chanter. Geai, étourneau, pipistrelle. Je n'ai jamais su les différencier. Midi. On a dû appeler Billie, Séraphin et Alphonse Bird à Roissy. L'avion pour Athènes va décoller sans nous. Ça commence à craindre sévère.

Il est temps que je vous dise comment mon père gagne sa vie : il est cambrioleur. Comme moi dans le rêve, mais en vrai. Attention, il ne cambriole pas n'importe qui. Seulement des gens très riches obsédés par l'argent, ceux pour qui une toile de maître, un diamant, un œuf de Fabergé (des sortes de Kinder dorés géants très très chers) équivaut à un appartement à Zurich ou une île dans l'océan Indien.

Il ne reverse pas tout aux Restos du Cœur. Faut bien vivre. Mais son activité lui a permis d'acheter notre appartement et deux autres dans Paris – sa retraite, dit-il – et quelques « bricoles » qui reposent dans un coffre, je ne sais où.

Mon père est de la vieille école. Il pratique son activité en artisan. Et il aime transmettre son savoir. Il m'a appris quelques techniques de crochetage, de recherche, de furtivité. Pas pour que je suive ses traces. Je veux finir en prison ? Non, il me verrait bien à l'École nationale d'administration, la voie royale pour les ministères. Vu mon dossier scolaire, je suis perdue pour l'ENA. Nulle en maths, moyenne en français, bonne en histoire. Je ne sais absolument pas ce que je veux faire plus tard, à part comme papa.

Il est discret (forcément, vu son métier) et joue les modestes. Mais je suis sûre qu'il a fait très très fort, à certains moments. Mon père ne me dit pas tout. Par exemple, je ne sais rien de cette affaire sur laquelle il travaillait, il y a trois jours, juste avant de disparaître.

La dernière fois que je l'ai vu, vendredi, en partant au collège, il m'a embrassée sur le front.

– Je rentrerai tard. Tu emmènes Séraphin à l'école et tu vas le chercher. On se retrouve ce soir et on sabre le champagne.

Il avait l'air plus grave que d'habitude.

– C'est quoi ton plan ?

Nouveau bisou sur le front. Les consignes répétées. La porte qui se ferme.

– C'est quoi ton plan ? je répète, en colère cette fois.

On se croirait dans un de ces films où le bandit tombe à cause d'un dernier coup, celui qui devait boucler sa carrière en beauté et lui permettre de vivre tranquille jusqu'à la fin de ses jours. Y a des enfants qui ont besoin de leur père !

– Billie ?

Séraphin m'observe. Oups. J'ai pensé tout haut. Il se jette contre moi et câline. Je lui gratte le haut du crâne.

– Qu'est-ce qu'on va faire ?

Ce que papa m'avait conseillé en cas d'arrestation, de disparition, ou autre chose que je refuse d'envisager.

– On va voir Maxence.

Maxence, dit Max, est le plus vieil ami de papa. C'est un peu l'oncle idéal. Marrant, fantasque et mystérieux. Après la mort de maman, il nous a hébergés dans son loft atelier pendant des semaines. « Si le Ciel ou l'Enfer ne peuvent rien pour toi, Max t'aidera. » Autre vieil adage paternel.

Max est antiquaire. Pour visiter sa boutique, rien de plus facile. Vous allez aux puces de Saint-Ouen et vous cherchez le mât de cocagne. Il surplombe un capharnaüm invraisemblable. Même ma chambre est mieux rangée. Mais, chez Max, le désordre n'est qu'apparent. Y a pas plus ordonné comme caverne d'Ali Baba. Comme il dit, les objets se sont posés où ils voulaient. En attendant les clients, certains ne bougent pas. D'autres se déplacent à leur gré sans qu'on s'en rende compte. Faut faire avec.

Max présente l'apparence d'un Gepetto, grand et maigre, avec des lorgnons sur le nez... et une main de fer. La droite. Au début, ça me faisait froid dans le dos. Surtout quand on voyait son moignon. Le plus souvent, il porte une prothèse ancienne. Cette main en métal aux cinq doigts articulés lui permet de reproduire presque tous les mouvements. C'est une véritable œuvre d'art.

La spécialité de Max, c'est l'art forain. Les manèges. Les panoplies de magicien. Les illusions d'optique. Le divertissement. La boutique n'est que la partie émergée de sa collection à donner le tournis. Il est sollicité par les plus grands vendeurs, acheteurs, musées, collectionneurs privés du monde entier.

J'allais oublier, Max est mon parrain.

Nous sommes lundi et les puces sont désertes. La plupart des volets métalliques sont baissés. Mais la boutique de Max est ouverte. Nous poussons une succession de battants ayant appartenu à des trains fantômes ou à des maisons des horreurs pour déboucher dans une salle remplie de chevaux de bois, de fantoches pendus au plafond, de jeux de massacre et de machines à sous.

– Ne touche à rien, j'ordonne à Séraphin.

Tout en sachant que Max sera le premier à lui montrer une nouvelle machine merveilleuse.

Nous suivons un parcours sinueux, grimpons trois marches, en descendons sept, nous courbons pour éviter un faux gorille empaillé. Max est dans son atelier. Il travaille sur une chimère à queue de poisson en écoutant du jazz à la radio. Sa main métallique brille sous la lampe de bureau. L'angoisse m'étreint depuis que nous avons quitté l'appartement. Elle ne m'a pas quittée dans le RER et dans le métro. En le voyant, je soupire. Nous ne sommes plus seuls.

– Tonton Max !!!

Séraphin court et saute dans les bras du grand échalas qui n'a que le temps de lâcher sa pince pour réceptionner le Zébulon.

– Mais... Que font ces gnomes dans mon antre ? Vous pourriez prévenir quand même !

– Cékoicékoidicékoi ? demande Séraphin en couvant la chimère d'un œil gourmand.

La fascination des garçons de huit ans pour les monstres ne cessera jamais de m'étonner.

– Une sirène. Tu sais pourquoi on les craignait ?

– Elles chantaient. Les marins voulaient les embrasser. Ils se noyaient.

– Une histoire en trois parties vieille comme le monde.

– Elle est vraie ?

Je m'approche de l'assemblage bizarre. On dirait un mélange de loutre, de lézard et de buste féminin. De nos jours, personne ne prendrait ce truc pour la dépouille d'une créature mythologique. Quoique. Il y a des vidéos sur Internet qui montrent le grand serpent de l'Amazone ou le Yéti faisant coucou à l'objectif.

– Elle est vraie si tu décides qu'elle l'est.

Max fait apparaître un jeton entre ses doigts.

– J'ai de nouvelles bobines, confie-t-il en haussant les sourcils.

Max m'adresse un clin d'œil et emmène Séraphin dans un coin de l'atelier, près d'un nickelodeon. Cette grande borne en acajou hérissée de deux oculaires est l'ancêtre du cinéma.

Séraphin grimpe sur le marchepied. Il glisse son jeton dans la fente, colle les yeux aux oculaires, tourne la manivelle. Il se met à rigoler tout seul. Je me demande ce qu'il regarde : des personnages qui se balancent des tartes à la crème à la figure ? Un arroseur arrosé ? L'ancêtre de Mickey Mouse ?

Maxence revient vers moi.

– Que se passe-t-il ?

– On n'a pas vu papa depuis vendredi.

Max pâlit.

– Et il n'est pas revenu ?

– Tu es au courant ? je lui demande.

– De quoi ?

– De ce qu'il est parti faire.

Séraphin est arrivé au bout de la bobine. Max lui en installe une autre. Il en profite pour éluder ma question.

– Tu as essayé de l'appeler ? Oui, bien sûr. Je suis idiot.

– C'est si grave ?

Ma voix est étranglée. Max acquiesce.

– Oh non, je gémis.

Max prend mes mains dans les siennes. Je n'aime pas le contact du métal de sa main droite mais je ne bronche pas.

– Vous êtes en vacances, là, n'est-ce pas ?

– On avait prévu d'aller en Grè…

– Je sais. Vous allez quitter Paris. Et vite.

Je sens mes extrémités se glacer. Mon sang reflue dans mes jambes. La réponse du corps à l'ordre de fuir. Alors, il va falloir courir ?

– Ton grand-père est à Rochefort ?
– Où veux-tu qu'il soit ?
– Vous vous cacherez chez lui. La situation ne tardera pas à se... clarifier. (Max fait transiter quelques billets de banque de sa poche à la mienne.) Vous sautez dans un train cet après-midi, vous êtes là-bas ce soir. Compris ?
– Compris.
Max a l'air si sérieux, lui qui prend tout à la rigolade d'habitude. Il me tend une enveloppe. Je l'ouvre. Dedans, il y a des clés. Frappées du sigle Volkswagen. Et un carnet. Je reconnais tout de suite les deux objets. Ce sont les clés de la Vagabonde et le carnet secret de mon père.
– Il m'a chargé de te les remettre s'il lui arrivait quoi que ce soit.
– Il a juste disparu depuis deux jours...
– Deux jours de trop. Crois-moi.
Je remercie les gens comme Max qui parlent sans faux-fuyants, même à une gamine de quinze ans. Mais une partie de moi aurait aimé rester au niveau Séraphin, pas très loin de l'amibe. Je l'appelle et le mets au courant du changement de programme.
– Alors, on va plus en Grèce.
Cailloux et moussaka. Cette perspective ne l'enchantait guère.
– Non, à la place, on va chez le Capitaine.
Le Capitaine ou le dernier grand-père qui nous reste, le père de papa. Lui et Séraphin s'entendent comme larrons en foire.
– Trop top ! Merci, merci, merci !

À chaque merci, ses bisous se rapprochent dangereusement de ma bouche. J'écarte Séraphin du bout des doigts. Il sent la menace, embrasse Max et fonce vers la sortie.

L'antiquaire m'accompagne, sombre, et me glisse avant que je saute sur le trottoir :

– Je t'appelle dès que j'ai du nouveau. Surtout, promets-moi une chose.

– Quoi ?

– Si tu apprends quoi que ce soit, si on essaie de te joindre, tu ne tentes rien sans m'en parler avant.

Je pars sans rien promettre. « Tu ne tentes rien. » Et puis quoi encore ?

La clé de la Vagabonde pique ma cuisse au travers de ma poche de pantalon. Le carnet de mon père alourdit mon imperméable de cuir vert dont je vous raconterai l'histoire une autre fois. Mais sachez qu'en rêve, comme dans la réalité, je ne m'en sépare jamais. Et considérez cet élément vestimentaire comme un signe de mon individualité.

Le Capitaine

J -246

Il faut avoir une vie intérieure intense pour ne pas mourir d'ennui à Rochefort, commune de la Charente-Maritime, qu'on appelle aussi Rochemort. C'est vous dire...

À part au chantier de l'*Hermione* où ça bosse et au stade les soirs de match où ça souffle dans les vuvuzelas, Rochefort dort. Plutôt, donne l'impression de dormir.

La ville s'est construite d'un coup, en 1666, autour de l'Arsenal. Les maisons en pierre blanche se ressemblent toutes. Elles sont basses mais profondes comme des grottes.

Morte, mon œil ! Rochefort est une ville qui cache bien ses trésors. Pirates, corsaires et voyageurs au long cours en ont fait leur base arrière pendant des siècles. Comme mon père qui a grandi ici. Comme mon grand-père qui s'y est installé dans les années 60.

Mon grand-père. Le Capitaine.

Il était ingénieur des Ponts et Chaussées. D'ailleurs, il était plus ponts que chaussées. Il a surtout travaillé à l'étranger. Je n'ai pas eu le temps de connaître grand-mère. Elle a été emportée par une maladie tropicale, au Vietnam. Après sa mort, le Capitaine est revenu s'installer à Rochefort où il a continué à dessiner des ponts. Il a pris sa retraite et il a perdu la boule.

Il est du genre doux dingue. Se croyant hier ou mettant ses habits à l'envers. Les toubibs l'ont rangé dans la catégorie des Alzheimer légers. Il n'a jamais été question de l'envoyer dans une maison spécialisée. Sa tanière est à l'image de son esprit : foutraque et baroque. L'en arracher le rendrait zinzin pour de bon.

Les prises électriques ont été sécurisées. Dans chaque pièce, un *panic button* lui permet d'alerter son médecin traitant au cas où. Des horloges sont accrochées un peu partout. Une dame lui livre à manger. Elle fait aussi le ménage de temps en temps. Douze ans que le Capitaine vit ainsi, à cheval entre délire et réalité. Et il n'a pas l'air de s'en porter plus mal.

Je l'aime bien même s'il est parfois difficile de capter ce qu'il raconte. J'aime aussi sa maison qui ressemble, en plus exotique, à la boutique de Maxence. Le Capitaine a rapporté des tonnes d'objets, de masques, d'armes, de fétiches, de meubles, des pays où il a travaillé. Mais celui avec qui il s'entend le mieux, c'est Séraphin.

Eh ouais ! À Garges-lès-Gonesse, mon petit frère est obsédé par le MacDo et les jeux vidéo. Chez le grand-père où il n'y a pas un seul écran, il s'éclate comme un fou. Une fois, je l'ai surpris jouant aux cartes Pokémon avec lui. Ils font des parties de cache-cache. Ils se déguisent. Remarquez, pendant ce temps-là, ils me fichent une paix royale.

On a suivi le conseil de Max. Mais le temps de repasser à Garges, de préparer nos sacs pour quinze jours et de nous rendre à la gare Montparnasse, le premier train que nous avons pu attraper était celui de 18 h 45. Heureusement que Max m'avait donné de l'argent. J'ai failli m'étrangler devant le prix des deux billets. Du coup, on a pris des allers simples.

Dans le train, je n'ai pas ouvert le carnet de papa. Un vieux reste de superstition m'empêchait de me plonger dans cet objet qui ne le quittait jamais. Je ne savais pas ce qu'il y avait dedans. Une liste d'objets volés ? Des pensées intimes ? Des codes secrets ? Je le revoyais le noircir, à son bureau, et le refermer vivement lorsque je m'approchais. Pourquoi l'avait-il laissé à Max ? Cette question m'obsédait.

Nous sommes arrivés à Rochefort un peu avant dix heures du soir. Nous avons été à pinces de la gare à la maison du grand-père. J'avais la clé. Nous sommes entrés sans sonner. De toute façon, il a démonté la sonnette après que des évangélistes sont venus lui proposer la vie éternelle. L'odeur caractéristique – poussière, curry, plâtre humide – nous a chatouillé les narines.

– Ça pue, a fort justement remarqué Séraphin.

– Pas plus que d'habitude, ai-je cru bon de noter.

Nous avons tâtonné jusqu'au guéridon. Une lampe torche était posée dessus. Elle fonctionnait.

– Tu crois qu'il dort ?

– On ne va pas le réveiller pour vérifier.

Des maisons profondes comme des grottes, vous disais-je. Les deux étages ont été transformés en salon oriental, chambre japonaise, salle à manger médiévale, thermes tunisiens… Ils communiquent via un réseau d'escaliers en colimaçon et de couloirs de service qui serpentent entre les murs comme dans une citadelle d'antan. Nous avons emprunté un de ces couloirs pour gagner notre chambre, au-dessus du garage, et donnant sur une autre rue. Elle est meublée de deux solides lits bretons à volets coulissants. Le top quand on veut faire le noir complet.

– Aux lits !

Qui étaient gelés. Le temps qu'on les réchauffe, Séraphin m'a demandé trois fois une histoire. Non. Non. Bon, d'accord… Il n'a pas attendu la fin de mon Arsène Lupin pour s'endormir.

Sa respiration aurait dû m'apaiser. Au lieu de quoi je gambergeais. Questions sans réponses, interrogations stériles. Un vrai hamster dans sa roue.

Je m'endormais enfin quand Sémiramis, la chatte siamois, a eu la mauvaise idée de sauter sur mon lit dont j'avais laissé le volet entrouvert. Je l'ai virée de la chambre, j'ai fermé la porte et je suis retournée me coucher sur la pointe des pieds. Je me suis entortillée dans mon édredon et j'ai enfin lâché prise.

Le jour est levé. Séraphin se frotte les yeux. Le son d'une cornemuse nous parvient depuis les profondeurs de la maison. On s'habille vite pour ne pas attraper froid.

– Tu crois que c'est lui ?

– Y a plusieurs cornemuses.

– Peut-être qu'il a invité des copains ?

On peut encore s'esquiver par l'arrière et rentrer à Paris. Mais Séraphin sort de la chambre et suit le son des cornemuses. La musique nous attire dans la partie indienne de la maison. Je sais que grand-père a travaillé au Rajasthan, un État du nord-ouest de l'Inde. Le plafond s'orne d'une verrière qui colore la lumière. Les murs sont recouverts de claustra en bois sculpté et de masques. Un vieux tourne-disque à pavillon crache une musique d'enfer. Je soulève l'aiguille et arrête le mouvement de rotation. La pochette, sur une table basse, m'apprend que nous avions la joie et l'honneur d'écouter... plutôt de supporter *Scotland the Brave* par les Gordon Highlanders.

– C'était pas grand-père qui jouait, conclut Séraphin, doué d'un esprit de déduction qui m'éblouira toujours.

– Où peut-il bien être ? je me demande.

Et je me le demande au moment où le Capitaine entre dans la pièce. Il est en robe de chambre, à moins qu'il s'agisse d'un rideau, vu le cordon à gland qui lui sert de ceinture. Il a une calotte sur la tête. Il marche en tenant un livre ouvert.

– « Dans l'antique Joppé qui est l'actuelle Jaffa, sur la côte de Syrie, on a pu voir pendant des siècles, dans l'un des temples païens, le vaste squelette d'une baleine qui n'était autre que l'authentique ossature du monstre même qu'avait tué Persée. » Léviathan.

Il remarque enfin notre présence.

– Bonjour les enfants. Vous avez réussi à réduire ces Écossais au silence ? Félicitations.

Il continue sa lecture.

– « Quand les Romains s'emparèrent de Joppé, ce squelette fut amené jusqu'en Italie en grande pompe pour le triomphe. Mais ce qu'il y a, dans cette histoire, de plus singulier, c'est que c'est de Joppé que Jonas embarqua. » (Il ferme son livre et médite cette révélation.) Jonas et la baleine. Persée et le Léviathan. Le Léviathan aurait-il été une baleine ?

Séraphin tire sur le cordon du grand-père comme sur un carillon. Il découvre notre présence pour la deuxième fois en moins de trois minutes.

– On vient passer les vacances chez toi.

– Je le savais.

– Ah bon ?!

Papa l'aurait prévenu ? L'espoir m'enflamme la poitrine.

– Sémiramis m'a mis au parfum.

Le siamois se love contre le mollet nu du grand-père et me toise, hautain. Sale bête.

– Vous êtes habillés, constate-t-il. Je vais m'habiller aussi.

Je connais le programme de la journée par cœur. On commencera par visiter le chantier de l'*Hermione*. Puis nous irons au pont transbordeur, comme c'est la tradition à chaque fois qu'on débarque à Rochefort.

Pendant que le Capitaine se prépare, Séraphin remet le disque de cornemuse. Je me laisse tomber sur un pouf dont un nuage de poussière s'échappe. Quelqu'un aurait la gentillesse de me dire pourquoi j'ai suivi le conseil de Maxence ?

L'*Hermione* n'est pas seulement une élève modèle et pénible dans une école de sorciers que je ne nommerai pas. C'est aussi la frégate que La Fayette a utilisée pour venir en aide aux insurgés américains en 1780. Elle est sortie des chantiers de Rochefort avec trois autres navires : la *Concorde*, la *Courageuse* et la *Fée*. Des passionnés construisent une réplique depuis que je suis en âge de marcher. Les mâts ne se dressent pas encore. Les voiles sont en projet. Mais le calfatage de la coque est achevé.

Seconde étape de notre rituel de retrouvailles avec le grand-père quand il ne pleut pas : le pont transbordeur. Je n'ai pas trop envie de vous le décrire. Il faut le voir. Cherchez sur Internet : « pont transbordeur Rochefort. » Vous aurez les images. En tout cas, ça vaut le détour. Et il y a un snack sous la structure métallique géante, au bord de la Charente. C'est plus calme que la tour Eiffel et ça en impose presque autant.

Je vous ai dit que mon grand-père avait travaillé dans les ponts. Celui-ci est très particulier. Comme l'esprit du Capitaine. Aussi s'entendent-ils très bien. J'ignore si c'est un effet du métal sur son mental ou le simple bonheur d'être là mais, lorsque nous nous y rendons avec lui, nous avons des conversations normales. Étrange, non ?

Il nous emmène de chez lui à l'*Hermione* et de l'*Hermione* au pont transbordeur à bord de sa Dodoche. C'est un miracle qu'on ne lui ait pas interdit de conduire. Il déboîte sans mettre son clignotant et insulte ceux qui osent le klaxonner. Il conteste les panneaux de signalisation les plus basiques, comme le stop ou le sens interdit. Il considère la priorité à droite comme anticonstitutionnelle et je le soupçonne d'être daltonien à cause des feux rouges qui se transforment en feux verts et vice-versa. Heureusement, sa deux-chevaux ne dépasse pas les 40 à l'heure et les autres automobilistes voient venir de loin ce vieux grognon qui conduit n'importe comment.

Il fait beau. Le pont est majestueux. Des cyclistes sirotent un soda en attendant d'être transportés de l'autre côté de la Charente qui coule, paisible. On mange des hamburgers frites. J'en viendrais presque à oublier que papa est peut-être en danger de mort... qu'il est peut-être déjà mort.

– Alphonse ne devait pas vous emmener en Grèce ? demande grand-père dans un de ses éclairs de lucidité géolocalisés.

– Il a annulé à cause du travail, je réponds.

Je n'ai jamais réussi à savoir s'il connaissait la profession de son fils. Je préfère laisser cette question dans la boîte à chaussures avec l'étiquette « Secrets de famille ».

– Il aurait pu prévenir. Quoique. (Le Capitaine se donne un coup de canne sur la tête.) Avec mon toc-toc, j'aurais oublié avant d'avoir raccroché.

Mon cœur se serre. Grand-père sait qu'il est zinzin les trois quarts du temps. Il assume et s'en amuse. L'autodérision dans toute sa splendeur. La Grande Classe. Il se tourne vers Séraphin qui, Néanderthalien un jour Néanderthalien toujours, mange avec les doigts et s'en met partout. Il faut dire que le déjeuner s'y prête assez bien.

– Comment ça se passe à l'école ?

– Super.

– Super partout ?

– Pas en français.

– Et en maths ?

– J'ai eu un A. (Séraphin siphonne le fond de son verre avec une paille en faisant le plus de bruit possible. On doit l'entendre de l'autre côté de l'estuaire.) Le meilleur, dans la classe, c'est Lucas. Lucas, c'est une fusée.

– Une fusée ?

– Une étincelle. De la fumée. Et vrouf.

– Vrouf, je répète, en réprimant un rot.

J'ai déjeuné à la vitesse grand V. D'où me vient ce sentiment d'urgence ? Grand-père me reproche :

– Mange moins vite.

– Pourquoi ?

– Ton cerveau n'a pas le temps de comprendre que tu es rassasiée. Résultat : dans une heure, tu auras faim.

– Ah.

– En plus, tu risques de t'étrangler.

Le second rot que je coinçais m'échappe. Je rougis.

– Désolée.

– On traduira par : oui grand-père. Désormais, je mastiquerai mes aliments au lieu de les avaler tout crus. (Il donne un coup de coude dans les côtes de Séraphin.) Tu sais ce qu'ils ont, comme jeu, ici ?

– Super Mario Bros ?

– Des petits chevaux.

Le jeu préféré de Séraphin, tous jeux vidéo à part. Le Capitaine appelle le patron du snack. Je me lève.

– Je vais mâcher mes fantômes d'aliments en marchant.

– Va. Va, ma petite-fille. Va.

Je m'éloigne sur le chemin qui longe la Charente, les mains enfoncées dans mon imper vert qui cache toujours le carnet de mon père. Il est temps d'y jeter un œil. Un banc est là, qui m'attend. Je m'assieds. Je sors le carnet de ma poche.

Il est grand comme ma main. Vieux, relié de cuir rouge et fermé par un simple élastique. Pas de serrure. Pas de code. Juste un élastique.

Je l'ouvre en ayant l'impression de sauter dans le vide. Et ce que je vois en premier me coupe littéralement le souffle. Un Polaroid. Maman et papa devant la Vagabonde. Le fourgon camping-car avec lequel on partait en vacances. Ce bébé, dans les bras de maman… c'est Séraphin ? Il est trop mignon. Je suis collée contre mon père et je tire la langue au photographe. Sûrement le grand-père vu que la Vagabonde restait en hivernage à Rochefort.

Pas de sentimentalisme primaire. Regardons ce que contient ce fichu carnet.

Des notes et des schémas sur des dizaines et des dizaines de pages. Écrit tellement petit que j'ai du mal à lire. Je prends une page au hasard. Il y est question de la société des Dilettanti. Mon père écrit :

« Société d'antiquaires fondée à Londres en 1707 pour encourager l'étude des antiquités italiennes, grecques et orientales. Condition d'entrée : avoir fait le voyage d'Italie. Pour Horace Walpole : être saoul. Voir Shelley et Trelawney. »

Le carnet est organisé avec des entrées alphabétiques. Trelawney me renvoie à lord Elgin sous le nom duquel mon père écrit :

« Le *Mentor* coule dans le port de Cythère en 1802. À bord : marbres du Parthénon. Trône de Nisbet toujours par le fonds. 36°16'05.15" N sur 23°04'28.16" E. À vérifier. »

Plus loin :

« Eugubium. Ombrie. Sept tables d'airain ou tables eugubines. 43°21'06.70" N sur 12°34'21.17" E. »

Je reviens au début, dans les A.

« Asiongaber. Dans l'Idumée. Un des points d'où partaient les flottes de Salomon qui se rendaient à Ophir. 29°32'20.90" N sur 34°57'59.69" E. Salomon. Mines. Or. » « Localiser Ophir !!! » est souligné trois fois.

– Je suis la fille d'Indiana Jones ou quoi ?

Je survole les pages suivantes et m'arrête sur une carte légendée « Île au trésor de Stevenson. L'écrivain a trouvé son inspiration dans la réserve de Point Lobos, Californie. »

Mon père est quelqu'un de méticuleux. Il dit lui-même que, s'il n'était pas monte-en-l'air (un mot marrant pour dire voleur), il serait trieur de haricots secs. Je le revois écrire dans ce carnet, à son bureau, des livres anciens empilés ouverts autour de lui. Je vois aussi l'espèce de folie qui le lie à son père que nous avons surpris, ce matin, lisant *Moby Dick* à voix haute.

Papa n'est pas fou. Ce carnet, avec sa liste de coordonnées géographiques, est le résultat d'une vie de traque. Sûr qu'après son ultime coup, il a pour but de partir à la recherche des mines du roi Salomon, de la tête d'Orphée ou des machines de Héron d'Alexandrie qui a droit à une notice longue comme mon petit doigt.

Je ne m'attendais pas à un truc pareil. Mais je ne suis pas au bout de mes surprises.

À la fin du carnet, il y a un rabat. Derrière le rabat, une carte bancaire. Je n'en ai pas encore. Si j'ai besoin d'argent, mon père m'en donne. Or, sur cette carte, il y a un post-it. Et sur le post-it, quatre chiffres. Le code de la carte ? Ce bout de plastique avec sa piste magnétique est-il une fontaine à argent liquide ?

Je le range dans mon imper avant de prendre mon troisième coup de massue sur le crâne. Le rabat cache aussi un papier plié sur lequel sont notés une adresse de site Internet et un mot de passe.

Papa n'utilise Internet qu'en cas de force majeure ou pour des recherches ultraciblées. Il préfère les bibliothèques, les bouquinistes, les tuyaux transmis de bouche à oreille. La vieille école, quoi.

Moi, j'adore le Net. Pas pour les réseaux sociaux. Chercher des amis, voter pour l'utilité du coton-tige ou commenter le temps qu'il fait, très peu pour moi. Mais Internet cache une véritable tour de Babel, une infinité de savoirs accessibles à tous, le rêve de tout curieux qui se respecte. J'arrête là. Ceux qui sont d'accord avec moi savent de quoi je parle.

Donc, une adresse Internet et un mot de passe. Et comme mot de passe, papa a choisi « Vagabonde ».

Dans mon univers, Vagabonde correspond à deux choses.

Le nom du fourgon camping-car qui nous a transportés, en famille, pendant les plus belles vacances de mon existence.

Le pseudo que j'utilise pour créer des comptes mails et naviguer sur le Net.

Vagabonde, c'est un van aménagé.

Vagabonde, c'est moi.

Étant naturellement fascinée par le métier de mon père et ayant, comme tout aîné qui se respecte, le désir de suivre ses traces, je dois vous avouer que je navigue plus souvent en eaux troubles qu'en eaux limpides.

Mon père connaît mon pseudo. Donc, il sait où j'ai été traîner. Là, je suis mal.

– Dis grand-père, elle est où la Vagabonde ?

Nous sommes rentrés. Nous avons goûté. La nuit est tombée. J'ai préparé le dîner. À base de nouilles, le seul aliment que je sais cuisiner. Au pesto pour les grands, au beurre pour le petit.

La Vagabonde… La dernière fois qu'on s'est promenés avec, c'était quatre ans plus tôt. Papa nous avait lancés sur les traces des hommes préhistoriques, dans le Lot-et-Garonne. Les Crocomagnons comme les appelait Séraphin qui avait la moitié de son âge actuel.

– La Vagabonde ? Elle est dans le garage.

– Elle roule toujours ?

– J'espère bien. Je l'entretiens. Chaque mois, je recharge la batterie. Et je continue à payer l'assurance. (J'en reste bouche bée.) Je ne suis pas totalement irresponsable, ma petite-fille. (Il grimace.) La seule chose qui me manque, c'est la clé. Ton père l'a gardée. Il doit avoir peur que je la conduise. Je me demande pourquoi.

La clé, je la pose sur la table.

– Cette clé, précise-t-il.

– On peut la voir ?

– Attends que je sauce mon assiette. Ton pesto est fameux.

– C'est quoi la Vagabonde ? intervient Séraphin, jusque-là bien silencieux.

Il ne s'en souvient pas.

– On va te la présenter, lui promet le Capitaine.

Il prend son temps pour saucer son assiette. Puis il nous emmène au garage à une allure de tortue. On a presque envie de lui faire une chaise royale pour accélérer le mouvement.

Un néon révèle l'animal tapi sous un grand drap blanc. Je le retire avec respect et dévoile un fourgon Volkswagen de type T2, moteur à l'arrière, refroidissement à air. Il est presque entièrement vitré et d'un vert qui pète. Séraphin caresse la carrosserie avec respect. Des images floues lui reviennent peut-être en mémoire.

J'ouvre la porte latérale. Le bruit qu'elle fait, dans la glissière, me procure un frisson de plaisir. Je grimpe dedans. Rien n'a changé. La banquette-lit. Le toit qui se déplie et offre deux couchages dans des hamacs. L'odeur de vieux caoutchouc...

– Je peux essayer de la démarrer ?

– Tant que tu restes au point mort.

Je m'installe derrière le volant, avance le siège, enfonce la pédale d'embrayage, m'assure que le levier de vitesse tourne dans le vide, insère la clé de contact, la tourne d'un quart de tour. Les voyants s'allument. J'attends que le filament de diesel s'éteigne. Je démarre.

Au quart de tour. Le peu-peu-peu du moteur nous fait tressauter sur nos sièges.

– On va où ? je lance à grand-père et Séraphin, assis à l'arrière.

– Je te signale que la porte du garage est fermée. Et tu n'as pas ton permis de conduire.

J'arrête le moteur. Séraphin ouvre chaque placard, le réfrigérateur encastré, les toilettes amovibles. Je suis obligée d'intervenir quand il commence à manipuler le robinet de la bouteille de gaz.

– Dehors minus avant que tu fasses tout exploser.

Nous sortons du fourgon mais nous ne lui remettons pas son linceul. Une idée folle germe dans mon esprit. Une idée qui se concrétisera dans quelques heures. Mais je ne le sais pas encore.

Nous remontons dans le salon indien. Le Capitaine nous propose plusieurs activités. Séraphin répond pour moi. J'ai la tête ailleurs.

– Ça vous dirait une partie de dames ?

– Non.

– Une partie d'échecs ?

– Non.

– Une crapette ?

– Wouah ! s'écrie Séraphin qui vient de se saisir du journal local. Ils passent *Docteur Métabolik contre les zombis du lac noir* à l'Olympia ! (L'Olympia est un des cinémas de Rochefort et docteur Métabolik le méchant numérique préféré de Séraphin, que je soupçonne fort d'avoir repéré cette info plus tôt dans la journée.) En plus c'est en 3D !

– Ah, fait le Capitaine. (Il mâchonne dans le vide.) Tu veux que je t'emmène ?

Il n'a pas eu le temps de finir sa phrase que Séraphin lui saute au cou.

– Je garde la maison, j'annonce.

Séraphin court chercher la canne, le manteau et le porte-monnaie de grand-père. Il grimpe sur un tabouret pour lui jeter son manteau sur les épaules puis le tire par la main en me faisant de grands signes. Il n'en sait rien mais il m'enlève une épine du pied.

– À tout à l'heure.

La porte à peine refermée sur eux, je file dans notre chambre. J'en rapporte mon sac de voyage dont je sors mon ordi de poche.

Je m'installe confortablement dans un océan de coussins. Je branche l'ordi en priant pour qu'il y ait du réseau. Ma clé Wi-Fi se connecte. Sauvée. J'ouvre le navigateur Internet. Je tape l'adresse notée par mon père dans son carnet.

Pas la peine de vous précipiter sur votre propre machine. Je ne vous la donnerai pas, cette fameuse adresse.

On ne fait pas plus basique comme page d'accueil. Un fond blanc. Deux cases. La première pour le mot de passe, du moins c'est ce que je suppose. La seconde pour taper la Captcha. Vous savez ? Les codes de sécurité constitués de lettres et de numéros bizarrement tordus qui découragent les robots se baladant sur Internet.

Je tape Vagabonde et la Captcha qui m'est proposée.

La deuxième page reste fidèle à cet esprit de sobriété. Pas de pop-up. Pas de bannières qui clignotent partout. Juste une image statique : une croix à quatre branches, chacune fragmentée en carrés blancs et noirs. Au centre, un carré vide. Je promène le curseur de la souris sur les branches. Elles s'activent. Je clique sur une branche au hasard.

Et si ce site ne me regardait en rien ? Peut-être que c'est un truc… d'adulte ? Que je vais apprendre des choses sur papa que je ne devrais pas savoir ? Mais j'ai hérité de son carnet…

La page qui vient de s'ouvrir a pour titre : *La Bourse*. Elle est séparée en deux colonnes *Offres* et *Demandes*. Je clique sur une offre au hasard. C'est écrit en allemand et je n'y comprends rien. Retour à la croix. Clic sur la deuxième branche. Me voici au *Café*. Il y a quatre usagers en ligne. Leurs pseudos les présentent comme Alibaba, Lupin, Rapetou, Madoff. Ils sont soit « team », soit « solo ». Je fais un bond en arrière et, méthodique, j'explore la troisième branche. Je me retrouve dans la *Droguerie* dont je fouille les rayonnages.

Je commence à deviner sur quel genre de site je suis tombée. À l'ère de Big Brother, je ne pensais pas cela possible. Comment les administrateurs se débrouillent-ils pour rester invisibles ? Si n'importe quelle police de n'importe quel pays découvrait cette adresse, le coup de filet qui s'ensuivrait ferait date dans l'histoire de la lutte contre le Crime.

La droguerie vend tout ce dont un cambrioleur a besoin pour parvenir à ses fins. De la trousse de crochetage basique au scanner basse fréquence. Aucune arme. Juste des outils dont les trois quarts me sont inconnus. Ce site est le portail idéal des voleurs professionnels. Et il est planétaire. Je me sens comme un aspirant tueur à gages s'aventurant dans une convention annuelle de la mafia.

Sémiramis saute sur mes genoux. Je frôle la crise cardiaque. Elle entreprend de faire du pain avec ses coussinets pour s'installer. Je lui offre un baptême de l'air sur cinq mètres.

La quatrième branche de la croix donne sur la *Librairie*. Il y a un bon millier de livres, de brochures techniques, de dossiers téléchargeables. Je reviens à la page d'accueil. Je n'ai pas visité le carré au centre. Je clique dessus.

Me voici à la *Poste* qui a l'apparence d'un module de messagerie standard. Messages reçus, envoyés, archivés, supprimés, carnet d'adresses... La boîte est au nom de Vagabonde. Les contacts ont été supprimés. Le dossier de réception contient un élément et un seul. J'ouvre le message sans titre qui y sommeille. Il a été envoyé par un certain Dracula.

« Scorpion est arrivé à bon port. Je vous félicite pour votre efficacité. J'attends les trois autres têtes avec impatience. Dracula. »

Mon cerveau est directement connecté à mon estomac. Direction la cuisine et le frigo du grand-père. Je déniche un bol rempli de miettes de thon. Je l'arrose d'huile d'olive et de ketchup. Je retourne à l'ordinateur.

« Scorpion est arrivé à bon port. Je vous félicite pour votre efficacité. J'attends les trois autres têtes avec impatience. Dracula. »

Je suis le conseil du Capitaine et mange lentement. En plus c'est du poisson censé rendre intelligent.

Papa a livré ce qui semble être une tête (de qui ? de quoi ?) à Dracula qui a l'air content mais attend les trois autres. Papa n'a pas bouclé cette fameuse affaire. Dracula attend. Il est peut-être, en ce moment, derrière son ordinateur, à espérer une réponse de Vagabonde.

Vous connaissez ces histoires de chemin à prendre. Si on va à droite, on ne vivra pas la même chose que si on va à gauche. Le livre dont vous êtes le héros… Je sais, je ne suis pas dans un livre.

On la joue à pile ou face, Billie Bird ? Pas besoin. Ce message est une corde. À l'autre bout, il y a papa. Et il est hors de question que je rate l'occasion de savoir ce qui lui est arrivé.

J'inspire profondément. Je tape « Prochaines têtes suivront bientôt » et je ferme la messagerie pour revenir à la page d'accueil.

Mon cœur bat la chamade. Un bruit, dans la cuisine, me fait sursauter.

– Y a quelqu'un ?

Un miaulement méprisant me répond. Je soupire… et pense à ma formidable initiative qui se résume à : tu viens de t'engager à livrer trois objets dont tu ne sais strictement rien à quelqu'un que tu ne connais pas et qui a choisi un pseudo ultrasympathique. Génial.

Je retourne sur Internet et tourne en rond pendant une heure. Vol Tête Scorpion. Idiote Tête Scorpion. Billie Bird Triple Idiote Tête Scorpion. Autant verser de l'eau sur les plumes d'un canard, dirait le grand-père. J'éteins la machine. Sémiramis m'observe depuis son coussin.

– Si tu as une idée, je suis preneuse.

– Moaoww, me répond le félin.

Je reprends le carnet de mon père et me rends dans les S.

– Saïs, San Severo, Scapté-Hylé… Scorpion.

Mon père a écrit ce mot dans son carnet. Et il lui a accolé une suite de lettres et de chiffres. BN-8-LH4-603.

– Nous voilà drôlement avancés.

Je reporte le code sur un bout de papier. Les hommes rentrent du cinéma. Instinctivement, j'empoche le carnet et ferme l'ordi d'un même mouvement.

– C'était trop bien ! (La critique cinématographique type Séraphin.) T'aurais dû venir. Le docteur Métabolik il avait inventé une machine qui inversait les gens. Les gentils devenaient méchants et les méchants gentils. C'était trop bien !

– Tu ne t'es pas trop ennuyée ? me demande grand-père.

– Oh non.

Alors qu'il retire son manteau et que Séraphin dit à Sémiramis « C'était trop bien ! », je fais le raisonnement suivant : papa me guide. Grand-père et papa se ressemblent. Grand-père pourrait me guider.

Ni une ni deux, je lui soumets le code bizarre sur le bout de papier. D'une poche, le Capitaine sort les lunettes 3D qu'il a oublié de rendre au cinéma. Il constate qu'elles ne fonctionnent pas, les relève sur son front, chausse ses vraies demi-lunes. Séraphin et moi, on se retient pour ne pas éclater de rire.

– C'est une cote.

– Pardon ?

– Une cote de bibliothèque. Le huit indique un in-octavo, un livre de petit format. Le reste, c'est l'indice de classification.

Octavo. Format. Indice. Restons pratiques.

– Si c'est une cote, comment savoir à quel livre elle correspond ?

Le Capitaine a de la ressource aujourd'hui. Il me dit d'allumer mon ordinateur portable puis de me connecter sur le site de la Bibliothèque nationale. Nous y sommes en moins de deux minutes.

– Va dans le catalogue général. Recherche par cote. Tape-la dans cette case.

Magie d'Internet, la réponse tombe dans la seconde.

« *Souvenirs de la campagne de Chine*, par M. J.-L. Negroni. In-8°. 1864. »

– Et voilà. Ta cote correspond à ce livre. Et ce livre est consultable… (Il se penche au risque de se bloquer le dos.) à la Bibliothèque nationale à Paris. En rez-de-jardin.

– T'es le meilleur.

Je suis sincère.

– Certes. Mais il est temps de se coucher. Allez hop. Au lit les enfants !

On gagne notre chambre dans les profondeurs de la maison. Séraphin marche devant moi. Tous les cinq pas, il soupire et un « c'était trop bien » se glisse dans chacun de ses soupirs.

Séraphin dort comme un loir. Il doit inverser la polarité de tous les méchants de la galaxie. Du fond de mon lit breton, je résume le cours de cette journée qui chamboule pas mal de choses dans mon existence. Je commence juste à en prendre la mesure.

Mon père a disparu à cause de ce contrat. Contrat que je me suis engagée à honorer. Dracula ne sait pas que je ne suis pas mon père, mais sa fille.

Je vais consulter ce livre conservé à la Bibliothèque nationale. Le livre me guidera vers les trois têtes. Je les remettrai à Dracula. Le contrat achevé, papa nous reviendra.

En tout cas, j'aimerais que ce soit aussi simple.

Vous me manquez, monsieur Alphonse Bird. J'ai peur pour vous. Depuis la mort de maman, je suis comme quelqu'un qui a perdu un œil. Et je ne veux pas devenir aveugle.

Maintenant, la grande question c'est : comment vais-je m'y prendre ?

Papa m'a légué son carnet par l'intermédiaire de Maxence. Avec une carte de crédit, un code et les clés de la Vagabonde.

La Vagabonde dort dans le garage, juste en dessous.

J'ai de l'argent et un véhicule.

CQFD, soit Ce Qu'il Faut pour Démarrer.

Je m'imagine au volant du combi Volkswagen, dans une tenue intégrale élastique, traquée par la police mais glissant entre les mailles du filet…

Je vais reprendre ton flambeau, papa. Quoi ? Tu me l'interdis ? Eh, j'ai hérité de la Vagabonde. Et tu n'aurais pas besoin d'aide, des fois ?

La boule d'angoisse est toujours là, dans mon ventre, lorsque je m'endors. Mais je vous jure que j'ai le sourire aux lèvres.

Octave

J -245

Le lendemain matin, lorsque monsieur Séraphin Bird pointe sa bouille endormie, en pyjama, dans le garage, je m'entraîne depuis une heure à passer les vitesses de la Vagabonde. Papa a toujours eu un peu de mal à enclencher la première.

– Qu'est-ce que tu fabriques pieds nus ? je remarque. Va t'habiller avant d'attraper froid.

J'ai développé des réflexes maternels malgré moi. Ça ne risque pas de s'arranger avec la disparition de papa.

– Tu fais quoâ ? demande Séraphin avec l'accent traînant des grenouilles du Texas ou du petit garçon qui n'entend que ce qu'il a envie d'entendre.

– Je m'entraîne à conduire.

– Pourquoâ ?

– On va partir en voyage.

– En Grèce ?

L'angoisse de la moussaka traverse son regard une fraction de seconde.

– Non. D'abord, on remonte à Paris. Et après... on verra.

– Je pourrai m'asseoir à l'avant ?

– T'as pas dix ans.

– Et toi t'as pas l'âge de conduire.

– Je sais mais faut le dire à personne.

Séraphin s'installe dans le camion et me fait un bisou.

– Je pourrai jouer à la DS quand tu conduiras ?

– Si tu t'habilles en vitesse.

Il part s'habiller en vitesse. Je reprends mon auto-apprentissage. Première. Seconde. Troisième. Quatrième. Marche arrière. Je rétrograde. Quatrième. Troisième...

Je saurai conduire la Vagabonde. Papa m'a appris les rudiments de la conduite avec sa Twingo sur des parkings de supermarché, le dimanche.

Il nous faudra environ cinq heures pour atteindre Paris. Je veux absolument consulter ce livre à la Bibliothèque nationale aujourd'hui. Si je dois finir le travail de mon père en dix jours, soit le temps qu'il me reste avant la fin des vacances de Pâques, je n'ai pas une minute à perdre. Ni une seconde d'ailleurs.

Je, je, je. Ou nous ? Qu'est-ce que je vais faire de Séraphin ? On part en voyage. Tu parles, Charles ! Je me vois mal entreprendre quoi que ce soit avec ce boulet. Surtout qu'il a tendance à me taper sur le système. Et si je le confiais au grand-père ?

Je retrouve tout le monde dans la cuisine. Les ondes bénéfiques du pont transbordeur se sont évaporées dans la stratosphère. Grand-père est redevenu Capitaine Araignée-Au-Plafond. Il mange ce qui ressemble à des céréales dans du bouillon. Il a remis les lunettes 3D sur son nez.

– Foudre et flammes, déclare-t-il en recueillant les céréales dans sa cuillère avant de les poser sur la table. Nous sauverons plus de troisièmes classes que sur le *Titanic*.

Impossible de lui laisser Séraphin. Ou alors je le récupérerai complètement zinzin.

– Grand-père. (Il lève le nez vers moi.) Je peux t'emprunter la Vagabonde ?

Il fait preuve d'un éclair de lucidité.

– Tu as ton permis de conduire ?

J'exhibe ma carte de membre du club de handball de Garges-lès-Gonesse.

– Félicitations ! (Il se jette en arrière, saisit une boîte en métal Banania, en sort une pochette.) Les papiers d'identité de votre boutre, matelot. (Les carte grise et assurances de la Vagabonde. Je les range dans mon imper, à l'abri.) Et une image.

Il me tend un billet de... dix mille dollars ? Séraphin arrondit les yeux. On se calme. C'est un faux billet. Un *Hell bank note* ou billet de banque de l'enfer que les Asiatiques gardent sur eux, en cas de mort subite.

Nous embrassons grand-père qui nous lance avant de partir :

– Méfiez-vous du passage du Nord-Ouest et des déviations magnétiques, du kraken et des sordides manigances des sociétés de tempérance ! Sang et foudre !!! Foudre et tonnerre !!!

– Il est frappé, constate Séraphin.

– Parle mieux du père de ton père, misérable crevette.

Nous retournons au garage. J'ouvre les portes. Je me mets au volant. J'enclenche le contact.

– T'es sûre que tu sais conduire ? s'inquiète Séraphin depuis la banquette arrière.

Il s'est accroché avec les deux ceintures de sécurité. On dirait un mini samouraï. Sans ses sabres.

– Tais-toi ! Tu me déconcentres.

Je connais les principes mécaniques, le code de la route et les trois lois de tout conducteur qui se respecte : anticiper-anticiper-anticiper. Mais je m'apprête à conduire un engin long de plus de deux mètres, en vrai, pour la première fois, dans la circulation. Donc, je stresse et vous stresseriez pareil à ma place.

Je démarre et j'enclenche la première. J'accélère. Je cale.

– Je suis trop jeune pour mourir.

– Boucle-la.

La deuxième tentative est la bonne. Je sors du garage doucement, j'arrête le Vévé (un autre nom pour la Vagabonde) et en descends le temps de fermer les portes derrière moi. Nous repartons. Le passage de la première à la seconde est comme une victoire. J'enclenche la troisième... À chaque fois, j'ai l'impression de grandir. Je m'arrête aux feux rouges. Je prends des ronds-points. Je tourne à droite, à gauche... J'adore ! Je passe enfin la quatrième quand je m'engage sur la RN237 en direction de Poitiers.

Grâce à la traction arrière, la Vagabonde se conduit du bout des doigts. Son vitrage laisse entrer le soleil à flots. Le réservoir est plein. Je jette un coup d'œil dans le rétroviseur intérieur. Séraphin rêvasse.

– À quoi tu penses ?

– Au docteur Métabolik.

– C'était trop bien ?

– Comment tu le sais ? (Il retombe dans sa rêverie solitaire durant cinq longues secondes de sérénité absolue.) Quand est-ce qu'on arrive ?

– On vient de partir !!!

Je me suis retournée pour lui répondre. Un automobiliste vers lequel je me dévie klaxonne, paniqué. Je me remets dans ma file, tremblante et piteuse. D'accord. On remplace le deuxième « anticiper » par « ne jamais quitter la route des yeux ».

– J'ai faim. (C'est vrai qu'on n'a pas pris le temps de petit-déjeuner.) Là !!! Stop ! Stop ! Stop !

– Quoi ?!

Je cherche un troupeau d'éléphants roses volant en V, un grand chien rouge traversant la route, une faille spatio-temporelle ouvrant sur une réalité parallèle.

– Un MacDo !

Le M géant file sur notre gauche. De toute façon, il était du mauvais côté de la route.

OK. On respire calmement. Et on remplace le troisième « anticiper » par « rester zen ».

– Je peux jouer à la DS ?

– Ouais.

La nounou électronique prend le relais de ma mauvaise humeur. J'allume la radio au hasard.

« C'était la fille du père Noël, j'étais le fils du père Fouettard… »

Je donne un coup de Doc Martens dans mes angoisses, mes doutes et mes craintes et chante avec Dutronc :

– Elle s'appelait Marie-Noëlle, je m'appelais Jean-Balthazar !

La vie vaut vraiment la peine d'être vécue. Des fois. Vous ne trouvez pas ?

Ces cinq heures sont tout simplement parfaites. Je me prends pour Han Solo aux commandes du Faucon Millenium. J'utilise la carte bleue (le code fonctionne) pour faire le plein et payer le péage. Mais je déchante à l'approche de la capitale.

Conduire hors de Paris et dans Paris sont deux disciplines qui n'ont rien à voir. Je ne me sens pas prête pour le périphérique. Je m'engouffre sur les boulevards extérieurs en direction de la Bibliothèque nationale. Les gens sont à touche-touche, hargneux, pressés, énervés. Heureusement, le fourgon en impose. Même à ces gros 4x4 aux vitres teintées et aux doubles pots d'échappement qui polluent deux fois plus, je suppose.

Je suis à cran lorsque j'arrive à l'ombre des tours de verre dans lesquelles des millions d'ouvrages, dont celui que je cherche, reposent. Maintenant, trouver une place.

Vous connaissez ces cartes que les marabouts glissent sous les portes ? Docteur Mamba. Connu dans le monde entier. Arrêt du tabac et de l'alcool. Vous révèle passé, présent et avenir. Retour de l'être aimé dans les sept jours. Réussit là où les autres échouent. Que le docteur Mamba ajoute : place de parking de plus de deux mètres trouvée en sept minutes dans n'importe quel quartier de Paris, et je signe un abonnement mensuel.

Séraphin s'est assis à l'avant pour faire la vigie. On quadrille les alentours de la Très Grande Bibliothèque pendant une heure. À un moment, je me mets en double file pour acheter du chinois à emporter qu'on dévore dans le camion. Miracle. La place juste devant nous se libère. Le créneau n'est pas facile mais je me glisse en douceur comme sous une couette bien chaude.

– C'était pas de la tarte, commente Séraphin.

– Tu l'as dit bouffi.

On prend la direction de la Très Grande Bibliothèque à l'architecture futuriste. Les quatre tours de je ne sais combien de mètres de haut. La forêt intérieure. Les immenses murs de verre. Y a pas à tortiller, ça en jette. On descend dans le hall d'accueil. Moquette moufmouf (comme dans mon rêve Banque de France). Vigiles. Ambiance studieuse. Même Séraphin, d'un naturel volubile, a avalé sa langue.

On se rend au service des inscriptions. Un vieux bibliothécaire m'accueille sur-le-champ. Je lui présente ma pièce d'identité.

– Vous n'avez pas encore seize ans ?

Flûte. L'accès m'est a priori interdit. Je fais des yeux de chat.

– Je les aurai dans trois mois.

– Quel livre voulez-vous consulter ?

Je donne la cote du livre de Negroni.

– Pas banale votre demande.

Le bibliothécaire me sourit et chuchote en aparté :

– Je vais tricher sur votre âge et vous inscrire. J'apprécie les personnes curieuses de 7 à 77 ans.

Séraphin fixe intensément une boîte à trombones. Il essaie de les tordre comme Uri Geller ou quoi ? Le bibliothécaire me tend une carte de lectrice toute neuve sur laquelle j'ai dix-neuf ans. Wouah. La classe !

– Vous pouvez réserver l'ouvrage dès maintenant, via une borne, dans le hall.

– Merci monsieur. Au revoir monsieur.

L'utilisation de la borne est plutôt complexe mais je parviens à commander l'ouvrage. Il sera disponible dans... Ce n'est pas précisé. Je m'apprête à franchir le tourniquet pour rejoindre les salles de lecture.

– Stop !!!

Quand on m'interpelle de la sorte, mon premier réflexe est de prendre mes jambes à mon cou. J'ai dû hériter cette réaction de mon père qui a dû l'hériter d'un ancêtre bandit de grand chemin qui a dû l'hériter d'un Crocomagnon qui avait volé une cuisse de mammouth à son voisin de caverne.

Je lutte pour rester stoïque.

Un vigile désigne Séraphin, tout mignon, derrière moi.

– Les enfants sont interdits dans la bibliothèque.

– Ah.

On sort, on remonte, on s'assied sur les marches face à la Seine. La pêche aux idées est ouverte.

– On pourrait demander au vieux monsieur de me faire une carte, comme pour toi ?

– Et lui dire que tu es un nain adulte ? Pas crédible.

Je rumine.

– Tu me donnes des sous et je vais au cinéma, juste derrière.

– Tout seul ? À huit ans ? Tu rêves ?

Le temps de se rendre à Garges-lès-Gonesse, de le déposer à l'appartement et de revenir, mon livre sera reparti en magasin. Et le Vévé a une place de stationnement. Hors de question de le bouger.

Ces immeubles blancs, de l'autre côté de la Seine, me disent quelque chose. Mon cerveau fait tilt.

– Je sais ! Suis-moi !

– Où on va ?

– Papa a acheté un studio dans cet immeuble, là. (Je le lui montre.) C'est un étudiant qui le loue.

– Eh, je le connais pas, moi, l'étudiant !

– Moi non plus. T'inquiète. Il n'est pas chez lui.

– Comment tu le sais ?

– Papa m'a dit qu'il partait au Japon pour les vacances de Pâques.

Séraphin me suit malgré lui. Il n'aime pas mon plan. Il préférerait le cinéma sans sa sœur.

Avertissement

Vous avez pu comprendre que je suis la digne fille de mon père. Il n'a jamais fait de mal à une mouche. Pourtant son exemple ne doit pas être suivi. Voler, c'est mal. Il fait des choses illégales et je m'apprête à en faire aussi. Alors, pour ceux que la cambriole dérange, sautez les pages suivantes. Sautez tout le livre, en fait. Rendez-le. Vendez-le. Donnez-le. Car il ne sera désormais plus question que de cela. Vous voilà prévenus.
Pour les autres, *watch and learn*.

La porte principale de l'immeuble est protégée par un digicode. Je sors mon trousseau et enfonce ma clé magique dans la serrure, sous le digicode. La porte s'entrebâille.

– Papa t'a donné la clé ?

– C'est la clé utilisée par les facteurs. Elle ouvre tous les immeubles de Paris.

Je consulte le tableau des locataires et repère mon bonhomme : Octave Dieuzaide au quatrième. Je sonne à l'interphone chez un autre locataire. Une petite vieille me répond.

– Ouiiii ?

– Bonjour madame. Mairie de Paris.

– Ouiiii ?

– Nous faisons le tour du quartier pour tester la sécurité des immeubles.

– Vous avez raison. Avec tous ces cambriolages…

Séraphin écarquille des billes épatées. Il me voit en action pour la première fois. Je fais mine de ne rien remarquer.

– Nous vérifions le bon fonctionnement des serrures électriques. À trois, vous appuierez sur votre commande d'ouverture de la porte d'entrée. Vous êtes prête ?

– Oui, oui.

– Un, deux, trois.

La porte vibre.

– Merci madame et bonne journée !

– À votre service !

Nous pénétrons dans l'immeuble. L'ascenseur nous hisse jusqu'au quatrième.

– T'es pas une fille, t'es un renard ! déclare Séraphin, admiratif.

Je le prends comme un compliment. Le renard est son animal préféré.

Le studio 4-C est au bout du couloir. Je frappe à la porte. Personne. Je m'accroupis pour étudier la serrure, une multipoints à clé plate. J'attrape la mini trousse qui ne me quitte jamais. On pourrait croire qu'elle contient un nécessaire à maquillage. Non. Billie Bird ne se maquille jamais. J'en sors un crochet et une lime.

– Tu peux faire le guet au bout du couloir s'il te plaît ?

Séraphin obéit. Si j'avais la même autorité pour l'obliger à goûter aux épinards !

La serrure est une six goupilles sans système anti-crochetage. Elle ne me résistera pas plus d'une minute. Je bloque le crochet de côté. Puis, avec la lime, je racle les goupilles, l'une après l'autre.

– Pchi. Séraphin.

Je tiens la porte entrouverte. Nous entrons dans le studio comme deux marmottes se précipitant dans leur terrier.

Le studio est minuscule. Vous me direz, normal pour un studio. Kitchenette. Lit en mezzanine avec un bureau dessous... Je déplie mon ordi, chope un réseau, résiste à l'envie de consulter les mails de Vagabonde.

– Que dirais-tu de rester ici une ou deux heures ?

Séraphin étudie le studio.

– Y a pas de télé.

– Je te mets un film sur mon ordi, si tu veux.

Il n'a pas le temps de répondre. Quelqu'un tourne une clé dans la serrure. Damned ! Le locataire !

J'ouvre la porte à la volée. Un jeune homme me découvre, éberlué. Ses bas de pantalon sont coincés dans ses chaussettes. On dirait qu'il a surgi d'un coup du paillasson.

– Qui êtes-vous ? me demande-t-il.

– Vous n'êtes pas au Japon ?

– Grève des contrôleurs aériens à Roissy. Qui êtes-vous ?

Je le tire par la manche dans son studio.

– Eh bien, euh... Une seconde.

Je cours m'enfermer dans la salle de bains, j'arrache violemment le pommeau de douche, je rapplique avec mon trophée et le flexible qui pendouille derrière, je lâche sans respirer :

– Je suis la fille de votre propriétaire il m'a dit que vous aviez un problème de douche je suis venue le régler vous pourriez garder mon petit frère le temps que j'aille au BHV je reviens dès que possible.

Je file comme le vent sans attendre de réponse. Je laisse Séraphin entre de bonnes mains. Je sais que ce Dieuzaide est un type bien. Et mon improvisation le dissuadera d'appeler la police dans les deux heures qui viennent. Du moins, je l'espère.

Le livre m'attend dans une des salles de lecture de la Très Grande Bibliothèque. Je m'assieds avec à la place qui m'a été réservée. Des chercheurs travaillent autour de moi. Moi aussi je cherche. Je compte sur ce bouquin pour entrevoir le début d'un soupçon des prémices d'une réponse. Une explication complète sur la disparition de papa serait la bienvenue. Faut pas rêver non plus.

Le livre fait dans les deux cents pages. La première moitié se lit comme un roman, la seconde se consulte comme un catalogue. Il a été écrit par un certain Jean-Louis Negroni, ancien capitaine d'infanterie, en 1864. Ce type a participé à l'expédition de Chine. J'ignorais que la France avait fait la guerre aux Chinois au XIXe siècle. Dans la partie roman, il raconte l'attaque du palais d'Été, à Pékin. Enfin, « son » attaque du palais d'Été.

Passés les faits d'armes, arrive le moment du pillage. Negroni repère des fuyardes se dirigeant vers un pavillon. Il les poursuit, revolver à la main. Tout à coup, il se retrouve face à quatre jeunes femmes, « en proie à une terreur délirante ». Je veux bien le croire. À genoux, elles frappent la terre de leur front. Je vous livre la suite texto. Je serais incapable d'inventer un truc pareil.

« Une seule restait debout, semblable à une belle statue ; on aurait dit que ses grands yeux me regardaient et ne me voyaient pas. Interdit, troublé par tant de majestueuse beauté, je crus voir un être céleste, un ange du séjour des heureux ! Elle était vêtue d'une robe de satin jaune impérial, brodée d'or. Par-dessus, elle portait un léger manteau en crêpe de Chine, fond rose, bordé d'un feston de cachemire blanc, tout parsemé, tout constellé de pierres précieuses et splendides. Sa coiffure, d'un vert tendre, était garnie de jolies perles pendantes sur les côtés, elle ne lui couvrait que le haut de la tête d'où s'échappait une forêt de cheveux noirs aux reflets voluptueux, à peine retenus dans une résille d'argent. Quelle admirable créature ! Quelle charmante prisonnière ! »

– On est où, à Barbieland ? (Plusieurs têtes se tournent vers moi.) Oups. Pardon.

De nos jours, on aurait du mal à trouver un militaire décrivant une civile innocente avec autant de poésie. Je vous raconte la suite, version courte. Sinon, vous allez vous dire que mon histoire patine dans la choucroute.

Donc, nous sommes dans le palais d'Été, à Pékin, en 1864. Negroni est subjugué par la beauté de celle qui s'avère être une princesse. Non seulement elle l'embrasse (Si vous voulez vraiment des détails, je pourrais me fendre d'une version longue. Je vous préviens, vous aurez du mal à vous en remettre.), mais encore elle lui confie un coffret rempli d'objets précieux.

Allez, je vous mets quand même le bisou. « Elle me regarda avec la plus ineffable expression de reconnaissance, s'approcha toute divine et, dans une douce étreinte, ses royales lèvres imprimèrent sur mes lèvres un baiser dont ma bouche recueillit la suave rosée. »

Le premier à m'avoir embrassée sur les lèvres s'appelait Guillaume Philipoteaux. J'étais en CM2. Et son baiser ne m'a pas fait cet effet-là. Ceux qui ont suivi non plus d'ailleurs.

Revenons au coffre et aux objets précieux. C'est ici que la partie catalogue commence.

« Baguier de l'impératrice de Chine, incrusté de rubis, de corail rose et de lapis-lazuli, en jade blanc, plus beau que celui du musée de minéralogie. 72 000 francs. Jonque en jade oriental. 30 000 francs. Aiguière. Vase. Bonbonnière. Miroir. Porte-violettes. Canard mandarin. Calcédoines. Cornalines. Sardoines. Héliotropes. Malachites. Porcelaines. Bois sculptés. Émaux cloisonnés. Albums. Peintures. Tentures. »

– Confitures. (Les têtes se tournent vers moi, à nouveau.) Re-pardon.

Si je comprends bien, ce Negroni est revenu avec un container d'objets précieux piqués à la famille impériale chinoise. Il en a dressé le catalogue, que j'ai entre les mains, pour les mettre en vente à son retour en France.

Vente d'objets précieux. Vol d'objets précieux. Nous abordons des rivages paternels. Mais j'ai beau lire et relire le catalogue, nulle part je ne trouve mention d'un scorpion ou de quelque tête que ce soit.

J'étudie le bouquin sous toutes les coutures. La reliure ne présente aucun défaut. Je suis obligée de me rendre à l'évidence, ces souvenirs de la campagne de Chine ne m'aident pas beaucoup.

Je restitue le livre, sors de la bibliothèque, me tiens, face à la Seine, sur le plancher de teck. J'ai le blues.

– Où es-tu ? je demande à la ville.

J'aimerais tellement voir mon père monter les marches dans un de ses vieux costumes informes et flottants. Je serais bien capable de courir vers lui pour me blottir dans ses bras. Juste après, je lui donnerais un bon coup de pied dans les tibias. Histoire de lui apprendre.

Séraphin ! Je l'ai complètement oublié. Je traverse la Seine au pas de course, fends la foule rassemblée devant la cinémathèque pour la séance de vingt heures (Déjà ? Mince !), entre dans l'immeuble, sonne à Dieuzaide. On m'ouvre. Ouf !

L'ascenseur n'arrive pas. Je prends l'escalier. Le locataire m'attend sur le pas de sa porte. Il a sorti son pantalon de ses chaussettes. Séraphin dessine sagement. Il y a un bol vide à côté de lui.

– Vous l'avez fait dîner ?

– Une bonne soupe. Aux légumes verts. Il a tout mangé.

Je n'en crois pas mes oreilles. Je vérifie que le bol est vide. Effectivement, l'aliment qu'il contenait était vert.

– Dire que j'ai raté un truc pareil…

Séraphin dessine ce qui ressemble à un renard avec une fusée sur le dos.

– Tu as bientôt fini mon chéri ?

– Non.

Un silence gêné s'installe. Octave ne me quitte pas des yeux. J'affronte son regard. Pas hostile mais impénétrable. Je commence à flipper.

– Vous êtes entrée chez moi par effraction. Vous avez détruit mon pommeau de douche. Et vous n'êtes pas allée au BHV pour le remplacer.

J'ai jeté pommeau et flexible dans une poubelle en sortant de l'immeuble. Je plaide coupable.

– Je suis désolée. Je ne voulais pas. Je…

– Vous avez des ennuis.

Je grimace.

– Vous voulez dire, je vais avoir des ennuis ?

– Je n'ai pas l'intention de vous dénoncer à la police, si c'est ce à quoi vous pensez.

Mes épaules s'affaissent. J'ai soudain très soif. Il me sert un verre de jus de pomme comme s'il lisait dans mes pensées. Il attend que je le descende d'une traite, sans aucune élégance, puis poursuit :

– Je suis passé chez vous avant d'aller à Roissy prendre mon avion.

– Que finalement vous n'avez pas pris.
– J'y suis allé à vélo.
– À vélo ?
– J'adore le vélo.

Pourquoi il me parle de vélo ? Sur quel timbré suis-je encore tombée ?

– Vous en faites quoi à l'aéroport ? Vous grimpez avec dans la cabine ? Vous l'accrochez en bout de piste ?

– Il y a des casiers à vélos. Je voulais déposer mon loyer à votre père.

– C'est gentil de votre part.
– Votre appartement a été cambriolé.
– Pardon ?
– Tout a été mis sens dessus dessous. Le concierge a fermé votre porte avec une chaîne en attendant mieux.

Séraphin lève le nez de son dessin. Il ne comprend qu'à moitié ce qu'Octave raconte. « L'appartement a été cambriolé ? » Il a sa DS avec lui. Donc, tout va bien.

– Les voisins m'ont dit que vous étiez partis en Grèce et qu'il n'y avait aucun moyen de vous joindre. De toute évidence, vous n'êtes pas dans le Péloponnèse et vous vous cachez. J'en déduis que vous avez des ennuis.

– Mon père a été enlevé.

Je sais. Vous vous demandez si je suis tombée sur la tête. Je ne connais pas ce jeune homme. J'ai fracturé sa porte d'appartement. Et pourtant, je lui balance tout. Même si je plie la réalité à mon avantage. Puéril certes. Mais si la légende est plus belle que la réalité...

– Enlevé ? Par qui ?

– Aucune idée. En fait, c'est à cause de moi. Je suis… (Une collégienne qui rêve un peu trop fort.) une cambrioleuse.

– Pardon ?

– Y en a qui vont dans les catacombes. D'autres grimpent sur les monuments, de nuit. Moi, je pique des trucs.

Eh ! Oh ! Billie ! T'as perdu la tête ou quoi ?

– Des trucs… répète Octave, incrédule.

– Toiles de maîtres. Bijoux. Des trucs chers.

– Mais… c'est mal !

– Tout de suite les grands mots. C'est mal si on blesse quelqu'un. Je me renseigne sur mes victimes potentielles. Tout ce qui a une valeur affective, je laisse. Je ne dérobe que chez les traders pour qui un dessin de Rembrandt n'est qu'une suite de chiffres avec beaucoup de zéros. (On croirait entendre mon père. Octave n'a pas l'air convaincu.) En clair, j'ai volé quelque chose que je n'aurais pas dû voler.

Je reste vague et pour cause. J'ignore ce que le paternel a vraiment volé.

– Du coup, on a enlevé mon père et on m'a mis le couteau sous la gorge. Je dois dérober trois objets pour le libérer.

– Lesquels ?

– C'est là où ça se complique. Mon commanditaire est du genre chasse aux trésors avec énigme et bouts de papier à moitié déchirés. Il ne m'a laissé que deux indices pour identifier le premier objet dont je dois m'emparer.

– À savoir ?

Je lui donne la cote et le scorpion. Je lui décris le livre dans lequel j'étais plongée une heure plus tôt. Je lui avoue que je suis dans une impasse.

– T'es vraiment une voleuse ?

Séraphin… J'espère qu'il ne s'est intéressé à notre conversation qu'à partir de « chasse aux trésors. »

– Oui et non.

– Tu dis que papa a été enlevé ? Ça veut dire quoi « enlevé » ?

Mince. Il a tout écouté depuis le début.

– Qu'il est parti quelque part sans avoir le temps de nous prévenir mais qu'on le reverra bientôt.

– Ah. Comme Shadow dans le monde inversé.

Cette explication lui suffit car il attrape un crayon rouge pour dessiner les flammes de la fusée équipant le renard.

Je reviens à Octave et lui offre un sourire à mille euros. J'ai des dents magnifiques. Trois ans d'orthodontie. Il n'a pas l'air plus impressionné que cela. Il se lève et enfile sa veste. Je l'imite. Je presse Séraphin de faire pareil. J'ai peur qu'il nous conduise au commissariat le plus proche.

– Votre affaire a un lien avec les antiquités chinoises. Il se trouve que je m'entends bien avec un des conservateurs du musée Guimet.

Qui, soit dit en passant, est le musée des arts asiatiques à Paris. Papa m'y a déjà emmenée. C'est magnifique.

– Et ?

Je ne comprends pas où il veut en venir. Ralentie du cerveau, la fille.

– Je vais vous le présenter. Il pourra peut-être vous aider.

La danseuse est seulement vêtue de fumée. En réalité, un maillot couleur chair protège son intimité. Mais les fumées qui s'échappent des quatre vasques s'entortillent autour d'elle et créent une illusion troublante. Ajoutez-y une ambiance crépusculaire – la bibliothèque du musée Guimet est à peine éclairée – ainsi qu'une musique lascive et vous aurez une idée du spectacle que nous sommes en train de contempler.

Séraphin, lui, est subjugué.

Faut dire qu'à huit ans il commence à percevoir la Femme comme le Grand Mystère de l'Hominidé. Mystère dont il essaie de soulever le voile avec plus ou moins de finesse. La dernière fois, il s'est caché dans la salle de bains, sous le lavabo, pour voir mes poupounes. Mes nénés, si vous préférez. Je ne vous dirai pas ce qu'il a vu. Sachez qu'il a bien couru, que je l'ai rattrapé et qu'il l'a payé cher.

La danseuse est prise d'une quinte de toux. La musique s'arrête. Les lumières sont rallumées et dissipent tout le charme de la scène.

– On peut pas mettre moins de fumée ? réclame-t-elle. Kof. Kof. J'étouffe !

– Moins de fumée s'il vous plaît ! crache une voix dans un haut-parleur. On reprend la danse de Siva Nataradja.

Les lumières baissent, la musique (si on peut appeler ça de la musique) envahit la rotonde. Les vasques fument moins, effectivement.

Le musée Guimet était fermé au public alors Octave a sonné. On l'a reconnu par le biais d'une caméra. On nous a ouvert. Le gardien de nuit l'a salué. Oui, il venait voir le grand patron que le gardien a appelé via un téléphone intérieur. Puis nous sommes montés assister à la répétition.

– Mon étudiant préféré !

Un type sapé comme le prince Charles, costume trois pièces et œillet à la boutonnière, serre la main d'Octave. Il me glisse un coup d'œil en douce. Il faut dire qu'avec mon côté multicolore je détone dans ce décor, hum, traditionnel.

Je déteste les miroirs mais faut bien que vous sachiez à quoi je ressemble. Je me décris et soyez attentifs. Parce que je ne me répéterai pas.

Je suis petite. Un mètre cinquante-cinq. Et mince. J'ai les cheveux rouges. Je ne suis pas une fan de Lady Gaga. J'y suis juste allée un peu fort sur une teinture et depuis, j'attends que ça repousse normal, soit châtain. Je suis passée au travers de l'acné. J'ai une peau de velours et des yeux marron mouchetés d'or.

Je ne cours pas les magasins. Je me fiche des soldes de printemps comme de l'an quarante. J'en ai marre du gris et du noir qu'on voit partout. Alors, je m'habille multicolore. C'est ma révolte vestimentaire.

Imper de cuir vert, tee-shirt rose, minijupe bleue électrique, collant à rayures, bottes blanches. Le contraire absolu de celle qui est en train de danser dans son maillot une couleur.

– J'aimerais te présenter une amie.

D'accord, si Octave le dit, nous sommes amis. Le conservateur troque la main de son élève contre la mienne. Sa peau est douce et chaude. Limite moite.

– Pierre de Vallombreuse. Apparenté aux Villehardouin par mon père et aux Hauteville du Cotentin par ma mère. Enchanté de faire votre connaissance.

– Billibeurde, je gargouille.

Il en attendait sûrement plus. Toutefois il me lâche, comprenant que, s'il va plus loin dans le jeu de la séduction, je le mords. Simple réflexe animal.

– Billie est américaine. (Je dévisage Octave qui continue, imperturbable :) Son père est le roi des transpalettes.

– Des transpalettes ? fait Pierre.

Je préfère l'appeler Pierre. Ce sera plus court que de Vallombreuse ou que conservateur au musée Guimet ou que apparenté aux Villemachin par sa cousine au troisième degré. Que les choses soient claires : je n'ai tissé aucun lien avec cet homme, charmant au demeurant. Reprenons.

– Des transpalettes ? fait Pierre.

– Les chariots élévateurs si tu préfères. Ton papa est toujours le numéro un mondial ? il me demande.

Je ne sais pas à quoi il joue mais je rentre dans son jeu.

– Oui.

– Son père est aussi un collectionneur d'art asiatique. Et un mécène.

La qualité du regard que Pierre m'adresse a changé d'un coup. Je ne suis plus seulement une petite nana mignonne et volontaire. Je suis aussi un contact d'influence qu'il convient de manipuler avec doigté. Comme la nitroglycérine. Ce n'est pas pour me déplaire. Well done Octave !

– Et vous êtes de passage à Paris ?

– Oui.

– Votre français est remarquable.

Je ne vois pas trop sur quoi il se base pour me complimenter. À part mon nom aux sonorités anglo-saxonnes et deux réponses affirmatives, je n'ai rien dit.

– Nous répétons un spectacle inspiré des danses brahmaniques que Mata Hari présenta, en ces lieux, au début du siècle dernier. La première a lieu demain. Si votre père veut y assister...

– Je le lui proposerai. Mais ça va être difficile. Il est dans notre ranch, dans le Wisconsin.

J'aurais pu dire Texas, Californie ou Oklahoma. Le Wisconsin a gagné. Allez savoir pourquoi.

Pierre m'étudie des pieds à la tête avant de revenir à Octave.

– Que puis-je pour vous ?

– Billie est en France pour deux semaines. Elle est engagée dans une sorte de... chasse aux trésors grandeur nature. Une manière originale de visiter le vieux continent.

Je me retiens de froncer les sourcils et m'applique à paraître la plus sereine possible. Où Octave compte-t-il nous emmener ?

– Elle doit trouver trois objets. Le jeu va durer une dizaine de jours.

– Tout à fait fascinant, commente Pierre qui retient un bâillement.

Je parie qu'il s'en fiche complètement. Mais Octave l'a harponné avec mon père milliardaire et éventuel donateur. Alors, il écoute poliment.

– Cette chasse commence à Paris. Billie n'a que deux indices. La cote d'un livre qu'elle a été consulter à la Bibliothèque nationale et un mot. Scorpion.

– Il est aussi question de têtes, je précise.

– Quel est ce livre ? me demande le conservateur.

– Un catalogue dressé par Jean-Louis Negroni, en 1864.

Je n'ai pas besoin d'en dire plus. Pierre plisse les paupières et répète :

– Tout à fait fascinant. (Cette fois, il le pense vraiment.) Têtes ? Scorpion ?

J'acquiesce.

– Montons dans mon bureau.

Séraphin s'est assis en tailleur sur le pavement. Il contemple la danseuse, le menton dans une main. Il préfère rester là.

Petit coquin, va.

Étagères chargées de catalogues d'exposition, paperasse, fragments de sculptures anciennes en guise de presse-papiers… Un vrai bureau de conservateur de musée. Nous prenons place dans des fauteuils en bambou. Pierre paraît rire intérieurement.

– Negroni… Un sacré lascar. Il a participé au sac du palais d'Été lors de la seconde guerre de l'Opium. (J'aimerais lever le doigt pour avoir quelques éclaircissements historiques mais je ne passerai pas pour une Américaine inculte. Donc je me retiens.) Il en est revenu avec toutes ces merveilles.

– Des jades, des poteries, des soieries, j'énumère.

– Des pierres précieuses… En réalité, Negroni était un escroc. Il a fabriqué son catalogue de toutes pièces et il a promené ses faux en France, en Allemagne, en Angleterre. Il a fini par dégoter un gogo. Je n'ai plus son nom en tête. Negroni lui a vendu un cristal de roche en lui certifiant que c'était un diamant. Il y a eu procès. Negroni a perdu. Il a été condamné puis il s'est évanoui dans la nature.

– Quant au scorpion ? rappelle Octave, qui me l'enlève de la bouche.

– Le scorpion ou… le sanglier ?

J'observe les deux compères. Octave commence à comprendre… il a compris ! Pierre comprend qu'il a compris. Moi, je ne comprends rien et je m'agite sur mes bambous comme un panda que ça démange quelque part.

– Le sanglier… Le palais d'Été… (Octave se donne une claque sur la cuisse.) J'aurais dû y penser !

Je pianote sur mes accoudoirs et fais heuheum. Ces messieurs se rappellent mon existence.

– Le palais d'Été était une sorte de château de Versailles, reprend le directeur du musée. Des pavillons. Des jardins. Des merveilles perdues à jamais. Entre autres, il y avait une fontaine.

– La fontaine du zodiaque, complète Octave.

– Douze têtes d'animaux en bronze alimentaient la fontaine à tour de rôle. Douze chefs-d'œuvre de l'art Qing. Inestimables.

Des sculptures en bronze. Nous revoilà dans le domaine de mon père. Pour la première fois depuis que nous avons quitté Rochefort – seulement hier – j'ai le sentiment d'avancer.

– Donc, le sanglier est une des têtes.

– Il correspond au scorpion de notre zodiaque.

– Pourquoi m'a-t-on aiguillée vers le livre de Negroni ?

– Celui qui a conçu votre chasse au trésor est un pervers. (J'adresse un clin d'œil à Octave. Son subterfuge fonctionne à merveille.) Tout ce que Negroni a décrit était faux. En revanche, il est revenu avec quatre pièces authentiques qu'il n'a pas citées dans son catalogue.

– Quatre têtes, précise Octave.

Une déjà volée par mon père. Les trois autres qui sont de mon ressort.

– Le chien, le sanglier, le mouton et le serpent. Quatre têtes qu'il a dû vendre après sa sortie de prison. Ensuite, on a perdu leur trace. Jusqu'à…

Pierre prend un malin plaisir à retarder sa réponse. Mais il sent que je suis dangereuse, que je peux exploser à tout moment. De la nitroglycérine, je vous rappelle.

– Le mouton a été vendu dans les années cinquante. Une somme ridicule. Je ne sais plus où il est. Le serpent est à Saint-Jean-Cap-Ferrat. Il appartient à un de ces Russes nouveaux riches. (Je range ces informations précieuses dans un coin de ma cervelle.) Quant au chien… (Pierre se tourne vers Octave.) C'est amusant. Il y a une vraie actualité autour de la fontaine du zodiaque.

– Pourquoi ?

– Vous avez entendu parler de la vente Pierre Bergé-Yves Saint Laurent, en 2009 ?

Papa m'avait emmenée au Grand Palais. La vente avait battu des records. Je me souviens de deux têtes en bronze. Étranges, avec des grands yeux. Un rat et un lapin.

– Deux des têtes étaient en vente.

– Un acheteur chinois les a acquises pour le compte de son gouvernement.

Revenons à nos moutons.

– Et le chien ?

– Justement, il va passer en salle des ventes.

– Quand ? Où ?

– La semaine prochaine, chez Christie's, à Londres. Quant au sanglier… plutôt le scorpion, j'ai le regret de vous apprendre que vous avez été doublée par un concurrent. Il était conservé à Paris, chez un collectionneur privé. Il a été volé le week-end dernier.

Un grand bruit monte des étages inférieurs.
– Allons bon. Qu'y a-t-il encore ?

La danseuse, étourdie par les fumées, a renversé une vasque. Elle titube. On ouvre les fenêtres. Le pompier de service est déjà à l'œuvre. Je récupère mon petit frère.
– Alàlàlàlà, se lamente le directeur. Quelle pagaille. Je vais être obligé de m'en occuper.
– Merci Pierre, fait Octave, sur le point de prendre congé.
Le directeur a une dernière révélation à faire.
– Il y a eu une exposition sur la fontaine du zodiaque au château de Chambord, l'été dernier. Vous pourriez y apprendre des choses intéressantes...
– Siva Nataradja ! Regarde-moi danser !!! s'exclame la danseuse ivre d'encens et de myrrhe.
Elle se relève, tournoie et vlan ! Une seconde vasque se renverse. Nous décanillons avant que le dieu du chaos réponde présent en personne à l'invitation qui lui a été lancée.

Je nous paie un taxi pour le retour comme pour l'aller. J'ignore de quelle somme mon père a crédité sa carte bleue. De quoi tenir un moment en son absence, j'imagine. Séraphin s'est endormi, la tête sur mes cuisses. C'est fou comme il est craquant quand il dort... et qu'il se tait.

Octave est silencieux, lui aussi. Un peu trop.

– Vous faites quoi dans la vie ? je lui demande.

– On peut se tutoyer, non ?

– Non. Vous faites quoi dans la vie ?

– Étudiant en histoire de l'art. En doctorat. Sujet de thèse : le mausolée de l'empereur Qin.

D'accord. Ça explique son amitié avec le conservateur du musée Guimet et son intérêt pour mon histoire. Les gens trop cool, pour moi, sont suspects. Soit ils sont idiots, soit ils cachent quelque chose. Néanmoins, je ne vois pas ce qu'Octave Dieuzaide pourrait me cacher. De plus, je me suis invitée dans son studio. Pas l'inverse. Du coup, je décide de lui faire confiance. Provisoirement. Il reprend :

– Le cambrioleur…

– Oui ?

– C'est pas toi, c'est ton père.

J'avoue d'une petite voix :

– Je débute. Mon père est pro.

– Pourquoi ne pas en parler à la police ?

– Tu veux qu'on se retrouve à l'Assistance ?

Je chuchote en surprenant les yeux du taxi dans le rétroviseur.

– Je vais finir ce qu'il a commencé. Chasser. Faut que je rapporte un serpent, un chien et un mouton avant la fin des vacances scolaires.

– Qui te dit que ça va arranger la situation ?

– Je ne sais pas ce qui est arrivé à papa, sinon qu'il est tombé sur un os. Une chose est certaine, il devait voler quatre têtes et quelqu'un a décidé de l'en empêcher.

– Tu penses qu'en continuant le boulot…

– Le loup sortira de la forêt. Compte sur moi pour l'attraper.

– Tu n'est qu'une gamine…

Je récapitule :

– Qui a neuf jours pour dérober trois œuvres d'art, dans le sud de la France, à Londres et dans un endroit inconnu.

Nous remontons la Seine par la voie Georges-Pompidou. Le palais de Justice file sur notre droite.

– Folie furieuse, juge Octave.

– Tu ferais quoi, à ma place ?

– Aucune idée. (Séraphin s'agite dans son sommeil.) En tout cas, cette nuit, vous dormez chez moi.

– Hors de question.

– Tu ne vas quand même pas chercher une chambre d'hôtel à dix heures du soir ?

– Si ça se trouve, je suis une tueuse à gages professionnelle.

– Et moi je connais les soixante-dix-sept manières de tuer du lama vengeur.

Il réfléchit… et me propose son plan B.

– Je vous laisse mon studio. Je dormirai chez ma mère, à Issy-les-Moulineaux. Je reviendrai demain matin.

– Je pars dès que possible, je préviens.

– Pour aller à Chambord ?

Le taxi se gare en bas de chez Octave. Je réveille Séraphin pour descendre. Octave le prend dans ses bras pendant que je règle la course.

– A12B62, me souffle-t-il pour le code.

On grimpe au quatrième. Avec Séraphin dans les bras, il va avoir du mal à fouiller ses poches. Je sors mon passe-partout et me mets à l'œuvre. Je suis un peu plus lente parce qu'un peu plus fatiguée. La porte cède quand même. Octave dépose Séraphin sur le canapé. Avant de disparaître, il me dit :

– Demain matin, tu ne pars pas sans moi.

Et il nous laisse.

J'enlève ses chaussures à Séraphin, je le glisse sous la couette et je le borde. Je jette un coup d'œil par la fenêtre. Octave, sur son vélo, s'élance vaillamment vers Issy-les-Moulineaux.

Au fait, je l'ai tutoyé ? Pas farouche, la fille. Je m'en rends compte avec un train de retard.

Le volcan

J -244

Quand je me réveille, je regarde autour de moi. Je ne reconnais pas ce studio. L'impression est plutôt désagréable. On frappe à la porte. Les pièces de mon puzzle mental se remettent en place. Mon père. Le livre. Les têtes. Octave. Qui frappe, plus fort cette fois.

– J'arrive !

Je m'enroule dans la couette et me lève, dévoilant un Séraphin dans le coaltar. J'ouvre au locataire. Frais, pimpant, souriant, un paquet de croissants chauds à la main et les bas de pantalon coincés dans les chaussettes. J'ai comme une impression de déjà-vu.

– Vous n'êtes pas prêts ?

Je grommelle quelque chose d'inintelligible, m'enferme dans sa salle de bains, jette un regard navré au flexible de douche, remplis le lavabo d'eau glacée, plonge la tête dedans.

Quand je reviens, Séraphin a déjà avalé la moitié d'un croissant. Je me sers un jus de pomme et mâche posément la viennoiserie que m'a rapportée Octave.

– Tu pars toujours sur la piste des têtes du zodiaque ?

– J'hésite entre ça et visionner les cinq saisons d'*Alias* ou les huit de *24 heures chrono*. Faut voir.

Je me suis levée du mauvais pied. Octave, imperturbable, continue :

– Tu penses y aller comment ?

– Batman a sa Batmobile. Moi, j'ai la Vagabonde.

– Un truc qui roule ?

J'acquiesce.

– Tu es trop jeune pour conduire.

Je le regarde par-dessous mais je ne l'impressionne pas.

– Elle est garée où ta Vagabonde ?

– Derrière la Bibliothèque nationale.

Il ferme les volets, entrouvre le frigo, vide, éteint le compteur. Pendant ce temps, je rassemble nos affaires. Nos sacs de voyage sont restés dans le Vévé. J'espère qu'on ne nous a rien volé pendant la nuit.

En bas, Octave décroche son vélo et le pousse pour nous accompagner. La première moitié du trajet, jusqu'à la rive gauche, s'effectue dans un silence monacal.

– D'après toi, ton père devait voler trois autres têtes pour boucler ce contrat. Comment le sais-tu ?

– Je suis entrée en contact avec son commanditaire.

– Celui à qui il a livré la première tête ?

– Celui à qui je vais livrer le reste.

– Il sait qu'il a affaire à la fille et non au père ?

– Non.
– Qui est-ce ?
– Aucune idée. Il dit s'appeler Dracula. M'étonnerait que ce soit son vrai nom. Pas vraiment facile à porter.
Nous longeons les tours de la Très Grande Bibliothèque, moi, Séraphin, Octave et son vélo. Séraphin marche en me tenant la main. Il se tait. Peut-être qu'il dort encore ?
– Tu ne peux pas alerter la police. Cela t'obligerait à dévoiler le secret de ton père. Sa disparition étant sûrement liée à ces sculptures, il est logique que tu veuilles continuer ce qu'il n'a pas achevé. Pour attirer le loup hors de la forêt, comme tu disais. Si tant est que tu parviennes à voler ces trois têtes, une fois que tu les auras livrées, que se passera-t-il ?
– J'imagine que Dracula me paiera ce qu'il aurait dû payer à mon père. Mais l'argent, je m'en fiche.
– Ce qui importe, c'est de localiser ton père, continue à résumer Octave, agaçant. Dracula…
Je m'arrache aux pensées désagréables qui m'ont obscurci l'esprit.
– Oui ?
– Il appartient peut-être au crime organisé ?
– Et alors ?
– Dis-lui qui tu es. Dis-lui ce que tu sais. Dis-lui que, si tu remplis ta mission, tu ne veux pas d'argent…
– … mais son aide.
Octave a raison. Cent fois raison.
Nous arrivons à la Vagabonde qui est toujours à sa place. Avec un PV. J'avais oublié que les parkings gratuits n'existent pas à Paris. Mais nos sacs sont dans

le coffre. Octave admire l'engin dans lequel je m'installe. Je sors mon ordi, l'allume, capte un réseau. Aucune raison d'attendre.

Octave pose son vélo contre le Vévé et son sac à dos dedans. Il avise un magasin de sport, de l'autre côté de la rue.

– J'ai un truc à acheter. Séraphin, tu m'accompagnes ?

Les garçons s'éloignent. Je m'isole dans la Vagabonde pour me connecter au site des voleurs. Je rentre dans la Poste virtuelle. J'écris au commanditaire pour lui révéler la disparition de papa, mon identité, comment je m'apprête à remplir le contrat. Pas contre de l'argent. (J'imagine que papa ne comptait pas se faire payer en Malabar.) Mais en échange de son aide.

Octave revient avec un objet métallique bizarre qui ressemble à un chevalet de torture. Des sangles pendouillent un peu partout.

– Alors ? Dracula ?

– J'attends sa réponse.

Qui tombe pendant qu'Octave trafique je ne sais quoi à l'arrière du fourgon. Elle tient en deux lettres : « OK. »

Je me déconnecte, éteins l'ordi et le range. Quelqu'un, un professionnel sans doute, va enquêter sur la disparition de mon père. Et les têtes serviront à le payer. J'avance. Ma démarche est... cohérente. Octave a fini de fixer son instrument de torture à l'arrière de la Vagabonde. De MA Vagabonde !

– Qu'est-ce que tu fabriques ?

Il saisit son vélo, le glisse dans le porte-vélos, le harnache avec les sangles.

– Je viens avec vous, c'te question.

J'en reste bouche bée. Si je proteste, je suis sûre qu'il sera capable de nous talonner, sur son deux-roues, jusqu'à Chambord. Octave s'explique tout en serrant les sangles.

– Un. Le studio de ton père est une super affaire. Il me le loue à moitié prix. Je n'ai pas envie qu'il lui arrive quoi que ce soit. Deux. Tu t'apprêtes à basculer du côté obscur. Je serai ta caution morale en cas d'arrestation. Je t'obtiendrai les circonstances atténuantes.

– Je suis touchée.

Il boucle la dernière sangle avant de me lancer avec suffisance :

– Trois. Je suis un super baby-sitter.

Il s'installe à l'avant. Séraphin s'accroche à l'arrière. Je prends le volant.

– Quatre, je conduis.

– Dans tes rêves.

– Si la police nous arrête, tu leur montres ton permis ? Il est de quelle couleur ? Tu veux voir le mien pour comparer ?

J'hésite à lui mettre ma carte de membre du club de handball sous le nez. Je râle pour la forme mais nous échangeons nos places. Il démarre. J'ouvre ma vitre et attrape le PV coincé sous l'essuie-glace. Je m'apprête à le déchirer en tout petits morceaux que je confierai au vent.

– Cinq, tu paieras cette contravention.

Je range le PV dans le vide-poches en soupirant et m'accoude à la portière. Octave braque, contre-braque, puis se glisse dans la circulation en direction de la porte d'Italie.

Le château de Chambord a été dessiné par Léonard de Vinci pour François Ier. Il abrite un escalier à double révolution, comme dans mon rêve de la Banque de France. C'est un des endroits les plus féeriques que je connaisse.

La moitié du monde civilisé partage mon avis, nous sommes en période scolaire et il y a un grand ciel bleu. Donc, c'est la guerre.

Vu la file d'attente, on remettra la visite à plus tard. On n'est pas venus pour jouer les touristes à la queue leu leu. À la librairie, nous achetons le fascicule sur l'exposition des têtes du zodiaque. Il est midi. On a faim tous les trois. Sans se concerter, on s'installe à une terrasse et on commande des sandwichs. Octave n'a pas l'air dans son assiette. Il pourrait se réjouir. Y a autant de Japonais qu'à un carrefour de Tokyo où il devrait se trouver. Je le lui fais remarquer.

– Nous n'apprendrons rien de plus ici, affirme-t-il.

Il avale son jambon-fromage en cinq bouchées. Record battu.

– Je propose qu'on parte tout de suite.

Je conteste.

– Mon grand-père m'a appris à manger lentement.

Et j'aime regarder la foule. Et je ne vais pas abonder dans le sens du mâle dominant à chaque fois qu'il daigne s'exprimer, nom d'une pipe ! Du coup, il se lève.

– J'ai besoin de pédaler.

– Hein ?

– Faire un tour à vélo.

On se dévisage avec Séraphin. On est tombés sur un grand malade ou quoi ? Il attrape les clés du Vévé et revient dix minutes plus tard, méconnaissable. Il s'est changé. Tenue moulante en Lycra. Chaussures spéciales à semelles rigides. Lunettes de soleil. Le triple vainqueur du tour de France me rend les clés du Vévé et enfourche sa monture.

– Je serai de retour dans une heure.

Pas le temps de dire ouf qu'il a disparu derrière le château.

– Pas banal le gugusse, je constate.

Je consulte le fascicule sur l'expo d'un œil distrait. Je zappe la description du palais d'Été ainsi que son historique. Les têtes connues sont ensuite présentées. Des résines remplaçaient les originaux, trop difficiles à réunir. Je repère le mouton, le chien et le serpent. Les trois têtes appartiennent à des collections différentes. La photo du mouton est mauvaise. Je trace un point d'interrogation dans la marge.

Le serveur débarrasse nos assiettes vides.

– Glace ? Pâtisserie ?

Je commande une part de tarte au citron, Séraphin deux boules chocolat-noisette. Les yeux du serveur tombent sur mon point d'interrogation.

– Vous avez réussi à en avoir une ?

– Une quoi ?

– La brochure, vous l'avez achetée où ?

– À la librairie pardi.

– Ils jouent avec le feu.

Je ne sais pas si vous vous êtes déjà retrouvé à discuter avec un inconnu sans savoir de quoi vous parlez, tout en pressentant que l'échange va déboucher sur quelque chose d'important. C'est mon cas. Étant une jeune fille qui aime saisir la balle au bond – un effet secondaire du handball, sûrement –, je ne laisse pas le serveur partir comme ça.

– Pourquoi ils joueraient avec le feu ?

– J'arrive ! lance-t-il à un client impatient. Cette expo a été un cauchemar. Un des collectionneurs a fait tout un ramdam. Il a refusé que sa tête soit présentée, copie ou pas copie. Il a menacé d'un procès et l'expo a fermé plus tôt que prévu. Il a même réussi à interdire la vente des brochures. Un cinglé, je vous assure.

– Il avait quelle tête ? Enfin, je veux dire, la sienne, c'était laquelle ?

– Le mouton.

Je continue avec le sentiment d'irréalité de celui qui voit ses chiffres du loto apparaître à la télé les uns après les autres, tout en pensant : ce n'est pas possible, ça ne va pas durer.

– Qui était-ce ?

– Bernard Blérancourt, des robinets Blérancourt. Il s'est assez étalé dans la presse locale. On n'est pas près de le revoir dans le coin, croyez-moi. Donc, chocolat-noisette et tarte au citron. C'est parti mon kiki !

Les desserts sont avalés fissa. On fonce au Vévé. J'essaie de me connecter. Il y a du réseau. Merci Léonard de Vinci ! Je suis sûre que tu y es pour quelque chose.

Internet a conservé la trace de l'incident. Je tombe sur un article racontant comment Bernard Blérancourt a envoyé un huissier à Chambord. En dix minutes, j'apprends tout ce que je dois savoir sur ce sympathique personnage. Il a hérité d'une dizaine d'usines un peu partout en France. Le truc de la famille : les robinets. La maison mère se trouve à côté de Clermont-Ferrand.

Blérancourt ne dirige pas directement l'empire familial. Il se contente d'encaisser les bénéfices et d'enrichir sa collection de robinets, de vasques, d'aiguières, de rhytons – sorte de fontaine de table ancienne. Son château, une pièce montée néogothique, détone dans le cadre somptueux des volcans d'Auvergne.

Notre chevalier en Lycra revient vers le camion. Il descend de sa monture d'aluminium. Il paraît hilare.

– La vache ! s'exclame-t-il. Waouh ! Trop bien !

On dirait Séraphin à la sortie du cinéma. En plus inquiétant. Octave retire ses chaussures. Argh ! L'odeur ! Je le menace de l'abandonner là s'il ne se change pas immédiatement. Il s'exécute, dans le Vévé, à l'abri des regards.

– Rien de neuf ? demande-t-il, une fois redevenu normal.

– Je sais à qui appartient le mouton du zodiaque.

Il prend connaissance de mes découvertes. Épaté le garçon. Tu m'étonnes !

– Donc direction la Côte d'Azur avec un crochet par le Puy-de-Dôme.

Il conduira. Je serai Miss GPS. Équitable, non ?

– « Le palais d'Été, aussi appelé jardin de la clarté parfaite, fut édifié au nord de Pékin dans le courant du XVIIe siècle. Deux pères jésuites (Giuseppe Castiglione et Michel Benoist) contribuèrent à la création d'une cinquantaine de sites pittoresques dans lesquels jeux d'eaux et innovations technologiques le disputaient à la philosophie et au sens du paysage propres à la civilisation chinoise. »

Nous nous trouvons à quarante kilomètres de Clermont-Ferrand. Je lis à voix haute le topo historique autour de l'exposition de Chambord fermée à cause de Blérancourt.

– « Le palais fut incendié et pillé par les troupes franco-britanniques en octobre 1860, lors de la seconde guerre de l'opium. » C'était quoi cette guerre de l'opium ?

– Les Occidentaux vendaient de l'opium aux Chinois pour les asservir. Les Chinois se sont révoltés. Ils ont réussi à mettre les envahisseurs dehors. Mais il y a eu de la casse.

Je jette un coup d'œil à Séraphin qui dort toujours, allongé sur la banquette arrière. C'est la première fois depuis des années que je le vois faire la sieste. Ce soir, il sera complètement décalé.

– « L'une des pièces maîtresses du palais d'Été était la clepsydre monumentale qui fut édifiée sur les plans du père Castiglione. Douze statues (corps de pierre et tête de bronze) représentaient les douze animaux du zodiaque chinois. Chaque tête alimentait la fontaine par période de deux heures, suivant les rameaux terrestres. L'ordre était le suivant : rat, bœuf, tigre, lapin, dragon, serpent, cheval, mouton, singe, coq, chien, sanglier. À midi, les douze têtes crachaient ensemble de l'eau dans le bassin impérial. »

J'aborde la partie exposition proprement dite. Des commentaires accompagnent chaque image. Je résume pour le conducteur.

– Les têtes de rat et de lapin ont été vendues à un industriel chinois lors de la vente Bergé-Saint Laurent. Elles ont atteint la somme de... quinze millions d'euros chacune ? Purée ! D'autres têtes sont retournées en Chine. Le singe s'est vendu à Hong Kong en 2000. Comme le bœuf. Le sanglier chez Sotheby's à New York en 1987. Le tigre à Hong Kong, encore.

– On est à cinq pour la Chine.

– Non, six. Ils ont aussi récupéré le cheval. Il leur manque le dragon, le serpent, le mouton, le coq, le chien et le sanglier que mon père a volé.

– Le commanditaire de ton père, ce ne serait pas un Chinois ?

– Possible.

S'ils s'étaient lancés dans une entreprise de reconstitution, les nouveaux maîtres du monde auraient été capables d'user de moyens illégaux pour récupérer ce qui leur avait été volé. Voler ou être volé. Telle est la question.

On est loin de l'arche d'Alliance, du sceptre de Moïse ou des tongs de Zeus mais l'enjeu a de la classe. Nous sommes sur la piste de trois têtes. Deux autres, celles du dragon et du coq, semblent perdues à jamais. Il y a du mystère dans cette fontaine, comme dans tout mécanisme à prodiges.

Cette réflexion me ramène à Max et à sa mise en garde. « Si tu as des nouvelles, ne tente rien. Préviens-moi. Ne prends aucun risque. » Alors que le puy de Dôme gondole l'horizon droit devant nous, je me dis que je suis en train de faire tout le contraire.

– Il faudrait le réveiller, non ? s'inquiète Octave.

Je me décroche et m'installe à l'arrière pour secouer doucement Séraphin.

– Eh bonhomme.

Il émerge, tout fripé de sommeil.

– On est arrivés ?

– Presque. Tu vois cette montagne ? (Je lui montre le puy de Dôme dont le profil bosselé est fascinant.) C'est un ancien volcan.

Là, Séraphin se réveille complètement.

– Avec de la lave ? Et des animaux préhistoriques ?

Si vous demandez à mon petit frère ce qu'il veut faire quand il sera grand, il vous répondra : paléontologue à Las Vegas. Pourquoi Las Vegas ? Je n'ai jamais réussi à le savoir.

– Ce volcan-là est éteint. Et les animaux préhistoriques ont disparu depuis longtemps, je lui rappelle.

– On creusera ? Y aura sûrement des squelettes !

– On verra. D'abord, on s'arrête au supermarket.

Cette seconde perspective enchante Séraphin tout autant que la première. Je crois que, à part un Las Vegas préhistorique, l'endroit qu'il préfère, c'est le supermarché. Des fois qu'on y découvre des os de dinosaures.

Le centre commercial des volcans d'Auvergne brasse moins de monde que Chambord. Pas dommage. On gare le Vévé, on attrape un caddie et on part à l'assaut de ce temple de la consommation moderne, semblable à tant d'autres de par le monde civilisé.

Je n'ai rien contre les grandes surfaces. Même si mon côté désordonné me pousse plus vers les bazars de type oriental. Je suis du genre à battre des records de vitesse pour faire les courses, au risque d'en oublier la moitié. Or, là, je suis avec Séraphin. Et Séraphin ne sait pas résister au rayon des jouets, des gâteaux ou des céréales.

Quant à Octave...

Et si je vous le décrivais, que vous visualisiez l'animal ? Il est grand. Un peu trop, parce qu'il se voûte tout le temps. Il doit avoir dans les vingt-cinq ans. Il n'est pas particulièrement mignon. Bien que je ne sache pas ce que mignon signifie, sinon appliqué à un toutou qui sort de chez le toiletteur. Mais il a un côté tombé de la lune qui n'est pas pour me déplaire.

Qui dit tombé de la lune dit pas efficace pour deux sous dans un environnement étranger. Comme celui-ci. Seulement voilà, Billie Bird est dans une logique d'efficacité et elle n'a pas de temps à perdre. Je craque au bout de cinq minutes. Octave décrypte la composition d'un flan pâtissier industriel comme Champollion sa pierre de Rosette. Séraphin ragasse sur le couplet : on va voir les jeux ? Allez, dis oui, dis oui, dis oui.

– On se sépare. Je m'occupe des provisions. Vous du reste.

Octave veut savoir :

– Le reste ?

– Éponge. Liquide vaisselle. Sacs-poubelle. Jumelles. Tente de camping.

– Tente de camping ?

– On ne dort qu'à deux dans la Vagabonde.

Je pourrais me glisser dans les hamacs du haut avec Séraphin et laisser le lit du bas à Octave. Mais je tiens à mon confort.

– Je dormirai sous la tente ? projette aussitôt le frangin.

– Non, la tente est pour Octave. Donc, tente. Sac de couchage. Matelas de sol. Carte d'état-major. (On a repéré l'endroit où Blérancourt a édifié son Xanadu, à une heure d'ici.) Grappin. Tunique d'invisibilité. Dynamite… Je plaisante. Rendez-vous dans un quart d'heure aux céréales.

– Ouais ! s'exclame Séraphin qui entraîne Octave vers les jeux vidéo.

Heureusement, le rayon camping n'en est pas très éloigné. Et me voilà partie, plus efficace qu'une armée de criquets dévastant l'Égypte des pharaons. Je ne marche pas, je vole, tirée par le caddie. J'y jette beurre, lait, yaourts, soupes, nouilles, riz, jambon, nouilles encore, boîtes de conserve.

Je parcours chaque allée, le cerveau en ébullition, négociant des virages serrés. Je connais la capacité du frigo de la Vagabonde et je sais exactement quoi acheter. Je remplis ma part du contrat dans le délai imparti. Et je suis très étonnée de trouver les deux garçons au point de rendez-vous et dans les temps.

Octave ploie sous une pyramide de matériel qu'il balance dans le caddie. Je lui arrache la carte d'état-major des mains et jette un coup d'œil au prix.

– C'est du vol !

Par réflexe, je regarde alentour. Glissée dans un sac congélation qui fera cage de Faraday, le portique de sécurité ne sonnera pas.

– Je t'ai à l'œil, menace Octave.

Je l'ignore ou pas ? Il a la trouille parce que je veux voler une carte IGN alors qu'on s'apprête à piquer une sculpture de quinze millions d'euros ? C'est quoi le problème ? Le problème, c'est la peur. Peur de se faire attraper. Peur d'oser. Peur du premier pas qui coûte. Pour les bandits, pour les amoureux, pour les étudiants, pour les citoyens de base, la peur coupe les ailes dont nous sommes pourvus sans le savoir.

Octave a peur. Et il est venu pour m'aider. Dans la famille Mal-Barrés…

Je jette la carte dans le caddie, bien en vue, pour lui montrer que je la paierai. Avec le sésame bancaire de mon père et un sourire qui n'appartient qu'à moi.

– T'as jamais rien volé ? De toute ta vie ?

– Non.

– T'es sûr que tu veux continuer ?

– Oui.

– Tu ne vas pas me mettre des bâtons dans les roues ?

– Non.

Je ne sais plus trop sur quel pied danser avec mister pot de colle. T'as affaire à un intellectuel, je me rappelle. J'aborde le problème d'un point de vue cérébral.

– Les voleurs ont toujours existé. Depuis la nuit des temps. Hermès, le dieu des commerçants, est aussi le dieu des voleurs.

Je mets mon explication en pratique et m'empare de deux paquets de céréales.

– C'est pas celles-là que je veux ! se révolte Séraphin.

Je l'ignore et continue :

– À ma gauche, un paquet de céréales. À ma droite, les mêmes, format familial, vendues un prix exceptionnel. C'est marqué dessus. Comparez le prix au kilo.

Les garçons obéissent.

– Le format familial est plus cher, constate Séraphin.

Je repose les paquets dans le rayonnage.

– Du vol. (Je pourrais trouver vingt autres exemples dans cette grande surface.) Les films en 3D au cinéma plus chers que les films normaux, du vol ! En plus, ils collent mal au crâne. Les sandwichs dans les stations-service ? Du vol ! Le prix d'un diabolo menthe en terrasse à Paris, du vol !!!

– Calme-toi, me suggère Octave.

Un vigile nous observe de loin. Avec ma dégaine, on doit m'avoir à l'œil depuis mon entrée dans le centre commercial. Séraphin attrape ses céréales préférées, après avoir vérifié le prix. On se rend à une caisse et on étale notre butin sur le tapis.

– On achète des cachous Lamomie ?

– Non.

Je suis énervée. Contre Octave. Contre moi-même. Contre le vigile. Contre la caissière et son salaire de misère. Du vol ! Encore et toujours du vol !

On range nos emplettes dans les placards du Vévé. Je branche le frigo sur la batterie. Je déplie la carte IGN sur mes genoux.

– N'empêche que voler, c'est mal, m'oppose mon témoin de moralité.

– Comme de croiser les effluves, je grommelle. (D'un geste théâtral, je brandis et secoue une boîte ronde et jaune de ma poche.) Qui veut un cachou ?

– Moi ! Moi ! Moi ! pépie Séraphin.

Je lui balance la boîte que je n'ai pas payée. Il se sert, me la rebalance, je me sers, en propose à Octave.

– Allez, on fait la paix.

– J'aime pas les cachous.

– La prochaine fois, tu me diras ce que t'aimes. J'en piquerai sans que tu le saches. T'auras la conscience tranquille.

Il démarre et quitte le parking. Nous croisons un autre fourgon Volkswagen, avec deux babas cool comme on n'en voit plus. Des fleurs ont été peintes sur les flancs du fourgon et un message : « La propriété, c'est le vol. » Ils nous saluent. Ne sommes-nous pas deux vagabondes ? Octave leur répond avec un sourire forcé.

Je pensais avoir dormi dans tous les endroits possibles et imaginables quand on se promenait en Vévé. Hors camping, nous nous étions parqués dans des forêts, en bords de rivière, sur des aires d'autoroute, dans une fonderie désaffectée, au milieu d'un causse – celui du Larzac, dans mon souvenir – où rien (humains, maisons, lignes électriques) n'était visible à perte de vue, sur le front de piste d'une station de ski l'été, etc.

Mais le cratère d'un volcan, c'est une première.

Le château de Bernard Blérancourt est situé loin de tout, au sud de la chaîne des Puys, au beau milieu du parc national. D'après les renseignements que j'ai pu dénicher, il se rend au siège de son empire en robinetterie, à Clermont-Ferrand, en hélicoptère, le moins souvent possible. Le reste du temps, quand il n'est pas à l'étranger, il se terre dans son palais.

Nous avons trouvé quelques photos de la bâtisse en pierre noire, sorte de Polly Pocket gothique qui aurait sa place dans un film de Tim Burton. Elle se dresse au cœur d'une forêt de plusieurs hectares qui grimpe sur les flancs d'un petit volcan, le puy du Loup. L'unique route qui s'en approche contourne la base du volcan. En consultant Google Earth nous avons repéré le chemin qui monte dans le cratère.

Google Earth, vous connaissez ? La Terre vue de l'Espace. Les toits, les cours intérieures, les jardins privatifs du monde entier. À portée de clic. Une mine d'or pour des fouineurs de mon acabit. Nous quittons la nationale pour une départementale, puis pour un chemin étroit mais encore goudronné qui serpente dans une vallée encaissée où la végétation est reine. C'est le printemps. Des papillons volettent en couple. L'herbe embaume. Les busards volent haut dans le ciel. J'essaie de me repérer au relief avec la carte d'état-major. Elle pourrait être plus lisible. Surtout à ce prix-là.

– Le portail d'entrée du palais Blérancourt est à trois kilomètres. Ralentis. On ne doit plus être loin du chemin.

Un mamelon d'une centaine de mètres de haut se dessine sur notre gauche. Notre volcan.

– Là !

Je désigne une ouverture dans la forêt. Octave gare le fourgon sur le bord de la route. Nous en descendons. Séraphin se risque aussi dehors et scrute les hautes herbes avec méfiance. Des fois qu'elles cachent une horde de vélociraptors. Un chemin est dissimulé par un rideau de fougères qu'il suffit d'écarter. Et il a l'air entretenu.

– Si on s'engage là-dedans et qu'on se retrouve coincés, bonjour la marche arrière.

J'ai de mauvais souvenirs de mon père allant de l'avant dans les typiques bourgades médiévales sans se poser de questions. La rue rétrécit. Les maisons se rapprochent. Les gouttières raclent le toit du véhicule. Les autochtones deviennent aussi aimables que des zombis ne s'étant pas alimentés depuis la dernière pleine lune.

Vélociraptors. Zombis. Mais non, je ne suis pas la reine des idées noires.

Octave s'engage sur le chemin, à pied, en éclaireur. Il revient dix minutes plus tard, radieux.

– On passe pile-poil. Ça va vous plaire.

Méfiante, je remonte dans le Vévé. Octave, sûr de lui, enclenche la première et commence à gravir la pente en pliant les fougères. En effet, le chemin ne présente pas trop de nids-de-poule. Et la pente est douce. La Vagabonde chauffe tout de même. Je tâte le caoutchouc autour du levier de vitesse, un peu inquiète. Saint Nicolas soit remercié, nous débouchons dans le cratère.

Ce rond est parfait. Il mesure dans les cinquante mètres de diamètre. Les lèvres du volcan le protègent des regards. Surtout, il est entretenu. Octave se gare au milieu. Je saute sur une pelouse tondue il y a peu. Ce coin de nature sauvage a été soigné comme un green de golf. Mystère, mystère. Il y a même un escalier qui grimpe en haut du cratère. Je l'emprunte, Séraphin et Octave sur les talons.

Le domaine Blérancourt se déploie juste en dessous de nous. Le château est parfaitement visible. On a trouvé du premier coup le poste d'observation idéal.

– Aplatis-toi, j'ordonne à Séraphin qui contemple le paysage, debout.

– Pourquoi faut se cacher ?

– Tu te souviens, au musée, avec la dame qui dansait ? (Les yeux de mon petit frère deviennent rêveurs.) Je parlais d'une chasse aux trésors.

– Et y a un trésor dans ce château. J'suis pas débile.

Il redescend l'escalier et explore le cratère. Il cherche sans doute un tibia de mammouth ou une rotule de plésiosaure.

– On dort ici ? propose Octave.

– Pourquoi on se priverait d'une nuit dans un cinq étoiles plus la voie lactée ?

Un fourgon aménagé Volkswagen est un véhicule. C'est aussi… une salle à manger.

Octave monte sa tente. Plutôt il la lance. Pas de bol, un vent malin emporte le mini dôme argenté. Et le voilà courant comme un dératé après sa yourte métallique. Il a intérêt à la rattraper. Sinon, il dort sans toit. Pendant qu'il se bat avec son matériel de camping, je prépare le dîner principalement composé de raviolis.

En deux temps trois mouvements, la table est dressée, le repas prêt et j'appelle les garçons avant de me souvenir, un peu tard, que nous sommes censés être discrets. C'est très amusant de manger dans un camion. Surtout quand la porte latérale, grande ouverte, donne sur le fond d'un cratère. Deux lapins s'approchent pour nous étudier, puis repartent. Dans le ciel, nos cinq étoiles s'allument une à une, suivies par d'autres, innombrables.

Si vous le voulez bien, transformons maintenant notre vaisseau à géométrie variable de salle à manger en chambre à coucher. Séraphin et Octave font la vaisselle à l'extérieur. Pendant ce temps, je dévisse les molettes qui retiennent le toit en accordéon. Il se déploie d'un coup, augmentant la hauteur de la Vagabonde de cinquante centimètres. Je déplie un hamac sur deux, déroule un sac de couchage. Je m'occupe ensuite de mon lit. Heureusement, grand-père a laissé tout ce qu'il fallait pour dormir. Drap de dessous, couette, oreillers. Je fixe les occultants sur les vitres. J'allume la lampe du haut et celle du bas.

J'ouvre la porte de la Vagabonde et informe les garçons que la chambre est prête même si Octave n'est pas vraiment concerné. J'hésite à utiliser l'appareil photo sur mon téléphone portable pour immortaliser l'expression de Séraphin.

– Tu dors en haut, je lui dis.

Je lui montre comment grimper dans le hamac, en prenant appui sur le morceau de contreplaqué, au-dessus du frigo. Il monte, descend, monte, descend. Un vrai singe.

– Alors ?
– C’est trop bien.
Octave se bat avec son tapis de sol. Il n’a pas l’air très habitué au camping.
– Si j’étais à Tokyo, je dormirais dans un hôtel capsule, dit-il, philosophe.
On retourne à l’escalier qui mène au bord du cratère. À cinq cents mètres de là, les fenêtres du château sont éteintes. Mais des projecteurs puissants éclairent les alentours comme en plein jour. Je scrute les jardins avec les jumelles.
– Il y a des gardes.
Je passe les jumelles à Octave qui les passe à Séraphin.
– Ils ont des chiens.
– Comment on va rentrer là-dedans ?
– Faudrait une diversion, propose Séraphin. Une éruption. (On le dévisage.) On est bien sur un volcan, non ?
– L’idée c’est de voler un truc dans ce château. Pas de l’enfouir sous une coulée de lave.
– Quel truc ?
– Une tête de mouton.
Je ne sais pas à quoi il s’attendait. Une tête de mouton ? Pas très folichon. Vrai que vu sous cet angle…
Il est déjà dix heures. Demain sera une journée chargée. Je propose qu’on aille se coucher. Octave se zippe dans sa tente. On se met en pyjama, on se brosse les dents, Séraphin lorgne sur les toilettes encastrées sous la banquette.
– Pipi en pleine nature, je lui annonce.

Je montre l'exemple en allant dans un coin du cratère. Nous remontons dare-dare dans la Vagabonde. Séraphin s'installe dans son hamac.

– Je peux jouer à la DS ?

– Non.

– Pourquoi ?

– Ça va t'énerver.

– Je suis déjà énervé.

– Pense que tu es un arbre.

Je fais le noir et parviens à me détendre. Je dois m'endormir car Séraphin me réveille en sursaut.

– Eh !

– Mmmmh.

– Tu dors ?

– Oui.

– Tu me racontes une histoire ?

– Non.

– Y a des lumières bizarres dehors.

– Séraphin.

– Voui ?

– Tais-toi ou je t'étrangle.

Je suis happée par une nouvelle vague de sommeil qui m'emporte loin, très loin du monde réel.

Le mouton

J –243

Je me réveille moulue, comme si je venais de courir un marathon. Je soulève un coin d'occultant. Le jour est levé depuis longtemps.

– Séraphe ?

Sa couette pendouille dans le vide. J'ouvre la porte du camion. Il est avec Octave. Vous le croirez ou non, ils font des gargarismes.

– Essaie de reconnaître celui-là.

Octave porte une bouteille d'eau à ses lèvres, remplit sa bouche, bascule la tête en arrière, et gargarise…

– La musique de Dark Vador !

– T'es trop fort. À mon tour !!!

Séraphin s'empare de la bouteille. Il prend une gorgée et commence à produire une mélodie glougloutante et infâme puis il avale son eau.

– Tu donnes ta langue au chat ? (Octave reconnaît son ignorance.) C'est quand le docteur Métabolik sort de l'œuf du destin !

– Je crois que ta sœur est réveillée.

Je suis dans le pâté. Je manque m'étaler en descendant du camion. Cette journée commence mal. Comme toutes mes journées d'ailleurs. Je ne suis pas du matin.

– En fait, elle n'a pas l'air très réveillée, rectifie Octave.

Rageuse, je remonte dans la Vagabonde, claque la porte et retourne sous la couette. Non mais !

Je ne me suis pas rendormie. Trop de pensées. Miss Efficacité est de retour. J'étudie la carte d'état-major. Séraphin est penché sur la tête de mouton dans le tacalogue, comme il dit. Octave m'observe. Il donnerait cher pour savoir ce qui me trotte dans la cervelle.

– Je compte longer la propriété de Blérancourt avec le Vévé.

– Tu n'as pas ton permis.

– À part des hérissons, je ne vois pas ce que je peux écraser.

– Tu ne vas pas prendre de risques ? s'inquiète-t-il.

– Je veux juste repérer les lieux.

– Et nous ?

– Vous restez ici. Si je ne suis pas revenue dans deux heures, c'est que je serai tombée aux mains de l'ennemi.

Je replie le toit de la Vagabonde. Séraphin fait un peu la tête. Mais, comme il le dit lui-même, Octave est un super baby-sitter. Je démarre, sors du cratère, descends le chemin, prends la route sur la gauche. Un mur d'enceinte apparaît. Il est haut et festonné de barbelés. Je passe devant le portail à petite vitesse. Une caméra suit ma progression. Ambiance.

J'atteins un des angles de la propriété. La route continue tout droit. Un chemin non carrossable longe le mur. J'engage le Vévé sur le chemin et arrête le moteur.

Le mur est toujours aussi haut et barbelé. Même en montant sur le toit du camion, je ne pourrai pas sauter dans le parc. Et je n'ose imaginer les pièges qui truffent le château Blérancourt. Herses hérissées de piques. Fosses à pieux. Mines antipersonnel. Arrosoirs à cadences ultrarapides...

Je laisse le camion où il est, bien caché sous un figuier, et continue à pied.

Il est long ce mur. Très long. Et il n'offre pas la moindre ouverture, la moindre fissure, la moindre brèche dans laquelle je pourrais me faufiler.

Elle est grande cette propriété. Très grande.

Au bout d'une demi-heure, j'abandonne et reviens sur mes pas. Bredouille. Au moins, la Vagabonde n'a pas bougé.

Je galère pour effectuer une marche arrière et manque le fossé de peu. À cran, je retourne au volcan. Dans ce sens, je ne reconnais plus le paysage. Je roule, je roule. Trop loin. J'ai loupé le chemin.

Flûte ! Impossible de manœuvrer pour faire demi-tour. La route est trop étroite. Je suis obligée de rejoindre la départementale pour repartir. J'attrape le chemin, le grimpe, déboule dans le cratère. Deux choses retiennent mon attention lorsque je me gare à côté de la tente.

Un : Octave court comme un dératé dans ma direction.

Deux : Séraphin tient la tête de mouton de la fontaine du zodiaque entre les mains.

J'ai raté un chapitre. Et il était costaud celui-là.

Deux types en uniforme précédés par des chiens apparaissent sur le haut du cratère et le dévalent à la suite d'Octave. Ils sont armés. La pente est raide et ils ne peuvent pas viser.

Je mets la Vagabonde au point mort, j'ouvre la porte latérale, je saute dehors, j'ordonne à Séraphin :

– Monte !

Il obéit, la tête de mouton contre son ventre. J'arrache la tente à ses piquets et la jette avec tout ce qu'elle contient dans le camion. Je reprends le volant et lance la Vagabonde en direction d'Octave. Il court aussi vite que si un T. rex lui collait à l'arrière-train. Ses poursuivants ont gagné du terrain. Octave plonge dans le fourgon par la porte latérale. Je tourne sec et fonce dans la descente.

On se retrouve dans le tunnel végétal au moment où un hélico rase le cratère. Il s'éloigne. Je m'engage sur la route et roule un peu trop vite sur une vingtaine de kilomètres.

Lorsque nous nous arrêtons enfin sur une aire de repos, à l'abri des regards, je tremble comme une feuille. Séraphin a toujours la tête de mouton sur les genoux. Octave a réussi à replier la tente.

– Maintenant, vous allez me raconter ce qui s'est passé.

Octave me livre sa version des faits. Puis Séraphin. Nous n'apprendrons le pourquoi du comment que dans la soirée. Comme je ne veux pas vous décevoir, cher lecteur, je vais tricher et vous propulser deux heures en arrière. La parole est à Octave. Monsieur Dieuzaide, à vous l'honneur !

Billie vient de partir avec le camion.

Elle est vraiment géniale. Bon, elle a son caractère. Mais quel courage ! Elle va retrouver son père. Vous savez pourquoi ? Parce que c'est une guerrière.

– Je m'ennuie, m'informe Séraphin.

J'ai menti à Billie. Je ne suis pas un bon baby-sitter. Je n'ai aucun feeling avec les enfants. Je suis incapable d'imaginer une quelconque activité. D'autant qu'il n'y a rien à faire dans ce cratère à part compter les cailloux ou les brins d'herbe.

– On gargarise ? je propose, à court d'idées.

– Encore ?

– Tu voulais pas chercher des os préhistoriques ?

– On n'est pas à Las Vegas.

– Tu peux dessiner, si tu veux.

– D'accord. (J'ai un carnet dont je détache une feuille et un stylo dans mon sac. Je les lui donne.) Je dessine quoi ?

Je paraphrase le petit Prince :

– Dessine-moi un mouton.

Il s'installe à plat ventre dans l'herbe et s'applique à réaliser sa version du mouton chinois.

– Tu as vu les lumières, cette nuit ? il me lance.

– Quelles lumières ?

Séraphin me regarde comme si j'étais le dernier des imbéciles.

– Laisse tomber.

– Je vais surveiller le château.

Je grimpe sur le bord du cratère et scrute le parc, la bâtisse, la campagne. Tout est immobile. Un papillon volette sous mon nez et se pose sur une sorte de fil électrique, juste devant moi. Je suis le fil. Il me mène à un projecteur enchâssé dans un socle en béton. Le projecteur est tourné vers le ciel.

– C'est quoi ce délire ?

Le fil continue. Il m'emmène à un deuxième projecteur, puis à un troisième, puis à un quatrième. Je fais le tour du cratère et compte vingt-quatre projecteurs. Quel intérêt de transformer un volcan en boîte de nuit ? Plus intéressant, je découvre un sentier qui serpente jusqu'au parc de la propriété Blérancourt. Séraphin continue à dessiner. Je pèse le pour et le contre : attendre sagement Billie ou suivre ce sentier ?

Pour une fois que ma sœur me laisse parler…

Le droit des enfants. On l'a chanté pour le spectacle de Noël, avec la classe. Dedans, il faudrait ajouter : « Les grandes personnes doivent écouter les enfants et arrêter de leur demander : c'est vrai ? T'es sûr ? Tu ne racontes pas n'importe quoi ? »

C'est comme quand j'ai dit à Billie que j'avais fait copain avec un renard. Je l'ai appelé Ash parce que j'adore *Fantastic Mister Fox*. Pendant la récré, on se retrouve derrière les cultures des CM2. Je lui donne la moitié de mon goûter. Quand ça sonne, on se dit « Bye bye à la prochaine ». J'aime beaucoup les renards. Là, je dessine un mouton.

Je repense à la nuit dernière. C'est super de dormir dans un camion. Sauf que dehors, faudrait quand même qu'ils éteignent la lumière ! Il y en avait tout autour du volcan, comme de grandes colonnes, droit vers les étoiles.

Billie n'a rien vu. Elle ne m'a même pas écouté quand je lui en ai parlé… Qu'est-ce que je vous disais sur le droit des enfants ? J'aimerais bien savoir à quoi elles servaient, ces lumières.

Pendant que je colorie mon mouton, une fourmi grimpe sur ma main. Elle est marrante. Elle me chatouille. Je joue avec elle. Du coup, je vois au dernier moment la petite voiture électrique. Elle est sûrement électrique. Elle ne fait pas de bruit. Elle roule vers moi, dans le cratère. Elle se gare pas très loin.

Je me lève, mon dessin à la main. Un gros type sort de la voiture. Il me regarde avec un drôle d'air.

Papa et Billie m'ont déjà dit de ne pas suivre les inconnus, de ne pas accepter de bonbons, de hurler s'il m'arrive quoi que ce soit. J'attends un peu pour hurler. Il n'a pas l'air méchant.

« Bonjour. » Moi, je ne réponds pas. Il avance. Je recule.

Je le reconnais ! C'est le propriétaire de la tête de mouton que Billie veut récupérer. J'ai vu sa photo sur Internet ! Je continue à me taire.

« Tu dessines ? » Je lui montre.

Il écarquille les yeux en reconnaissant sa tête de mouton. « C'est ce que tu es venu chercher ? » Je fais oui avec la tête.

Il retourne à sa voiturette. « Ne pars pas. Je reviens tout de suite ! »

Il s'en va. Me laissant tout seul.

Le gros est parti. Octave est parti. Billie est partie. Les adultes, ils peuvent pas tenir en place ! Je me remets à plat ventre et je continue mon coloriage.

Le sentier est plutôt raide et en zigzags. Au pied du volcan, il bute sur un portail. De part et d'autre, une clôture haute de deux mètres. Je pourrais l'escalader mais je ne m'y risquerai pas. Tout un tas de panneaux sympathiques sont accrochés à la porte et à la clôture : « Attention ! Danger ! Grillage électrique ! Propriété privée ! » L'air grésille quand on s'en approche.

Un peu plus loin, je repère un chêne nain dont une des branches maîtresses a poussé au-dessus du grillage. Je remonte le sentier ou je grimpe sur cet arbre ?

Y a le gros qui revient avec sa voiture électrique. Je me remets debout. Il s'approche de moi. Il a un truc marron dans les mains. Une tête. Celle qu'on est venu chercher.

Je souris. Il a l'air content de me voir sourire. Il pose la tête à environ deux marelles de moi. Il recule. Je pose mon dessin à côté de la tête, je l'attrape et retourne à la tente. Elle est super lourde.

Il contemple le dessin et me félicite. « Il est magnifique. Dis-moi ce qui te ferait plaisir ? » Je le regarde avec des gros yeux. Il tapote ses lèvres. « Manger ? » Je réponds plus vite que mon ombre : « MacDo. » « MacDo ? » « MacDo. »

Il se gratte le crâne. Les grands font ça quand ils sont embêtés. « Pas de problème. Je t'en ramène. » Il marche vers sa voiture, s'arrête. « Ton ami renard n'est pas avec toi ? » « Il est resté à l'école », je réponds. Il est trop fort ! Comment il sait pour le renard ?

Le voilà reparti avec mon dessin. Et je suis tout seul dans le cratère, avec la tête de mouton. Pas de Billie. Pas d'Octave. Je m'assieds dans l'herbe et j'essaie de retrouver ma petite fourmi.

Pourquoi les branches cèdent-elles toujours au mauvais moment ? Elle aurait pu supporter mon poids jusqu'à ce que je comprenne que je suis en train de faire un truc idiot. Non. Elle attend que je sois passé au-dessus du grillage pour craquer. Je plonge vers le parc, du mauvais côté. Je roule sur moi-même. La branche a frappé le grillage. Des sirènes se mettent à hurler. Des aboiements répondent aux sirènes.

– Oh non.

La clôture est toujours électrifiée. Vite ! Une idée ! Je fouille mes poches. Mon couteau suisse ! Je déplie toutes les lames. Tire-bouchon. Tournevis. Lime. Je le balance contre la clôture qui produit un arc électrique, puis plus rien. Les aboiements se rapprochent. Pas le temps de vérifier. Je saisis la poignée du portail, je l'ouvre, je me précipite de l'autre côté. Je remonte le sentier au triple galop. Quand j'atteins le bord du cratère, je vois la Vagabonde qui surgit.

Alléluia !

– Tu as lancé ton couteau suisse sur le grillage ? questionne Séraphin.

Octave, qui vient de finir son récit, confirme.

– Tu ne t'appelles pas Dieuzaide, j'interviens.

Bizarrement, il rougit.

– Ton vrai nom, c'est MacGyver.

– Tu... tu connais MacGyver ? s'étonne Octave. Celui qui peut fabriquer une bombe avec de l'engrais et un aspirateur ?

– Oui. Je sais. Je regarde trop la télé.

La tête de mouton suit notre dialogue, posée entre Séraphin et Octave sur la banquette arrière. On se penche au-dessus d'elle comme trois voyageurs en quête de réponses autour d'un oracle. Je ne suis pas une spécialiste, mais je sais reconnaître les belles choses. Cet objet a une âme, dirait papa. Celui qui l'a réalisée y a mis tout son cœur, son savoir-faire, et un peu plus encore. Peut-être ce qu'on appelle le génie. Sur le marché de l'art, elle vaut quinze millions de baguettes de pain. OK. Ce qui ne veut pas dire grand-chose.

J'enveloppe la tête dans un vieux pull et la coince dans le placard à vêtements. Je demande à Séraphin, pour la troisième fois :

– Blérancourt te l'a donnée, comme ça, sans s'expliquer ?

Il soupire, lève les yeux au plafond, râle :

– C'est comme le renard. On ne me croit jamais.

– Le renard ? Quel renard ? fait Octave, largué.

– Oublie.

J'attrape l'atlas routier sous le siège passager. J'étudie la route. L'après-midi est déjà avancée. Nous ne serons pas ce soir sur la Côte. Où pourrions-nous nous arrêter ? L'atlas est truffé d'indications laissées par papa. Croix et noms d'endroits surlignés au Stabilo. L'un d'eux, à mi-chemin, me paraît prometteur.

– On a le mouton. Allons chercher le serpent.

– Il est où ? s'inquiète Séraphin.

– Au bord de la mer.

– Chouette ! On va se baigner !

– On n'y sera pas ce soir. Trop loin. Pour dormir, on campera ici.

Je montre l'endroit à Octave qui conduira et à Séraphin qui compte pour une voix entière.

– On y a déjà dormi. T'étais un bébé. C'est au bord d'une rivière. On se baignera.

Octave attrape le volant.

– N'empêche, j'aimerais bien savoir pourquoi Blérancourt lui a donné la tête.

– Et moi donc, confirme le conducteur.

Il démarre et s'engage sur la nationale en direction de Clermont-Ferrand.

– Il y a au moins un bon côté à ce qui s'est passé, je remarque.

– Lequel ?

– La tête, on ne l'a pas volée. Il nous l'a donnée.

Octave me sourit.

– Ce ne sera pas aussi facile avec la prochaine, j'ajoute.

Son sourire s'efface. Je suis vache tout de même.

À trois quarts d'heure de notre bivouac, nous nous arrêtons dans un restaurant « écossais ». Pour trois bonnes raisons :

- Séraphin en crève d'envie depuis qu'on est partis et il l'a bien mérité.

- Il y a une connexion Wi-Fi dans ce genre de restaurant.

- Nous pourrons garder un œil sur la Vagabonde, garée sur le parking. Je n'ai pas envie qu'on se la fasse voler ou visiter. Avec ce qu'il y a à l'intérieur...

Séraphin est aux anges. Il y a une Métabolik ball avec le menu enfant. Je me contente d'une salade. Octave s'empiffre comme mon petit frère. Il lui pique même ses frites. Quel exemple pour un cycliste professionnel !

Mon ordi de poche se connecte sans problème. Je consulte mes mails perso. RAS. Les rares personnes que j'apprécie à Alphonse-Allais me croient en Grèce.

Je me connecte au site des Lupin et Compagnie. L'échiquier cruciforme apparaît. J'ouvre ma boîte aux lettres, pleine d'espoir. Dracula m'aurait-il envoyé des nouvelles ? J'en suis pour mes frais. Nada. Le désert. Je rédige quand même un mot à son attention. « Avons le mouton. Prenons-nous rendez-vous pour la livraison ? »

Je reviens sur un site d'infos. Je n'aurai pas accès au Net avant je ne sais quand et je dois assouvir mon besoin de clics, d'instantanéité et de pop-up publicitaires. Une brève vient de tomber. Je la lis de bout en bout.

– Eh, les gars. (Octave et Séraphin arrêtent de mastiquer leurs aliments génétiquement modifiés.) Je sais pourquoi Blérancourt a donné la tête à Séraphin.

Ils s'asseyent à côté de moi pour lire l'article.

Blérancourt s'est posé avec son hélicoptère sur le parking d'un restaurant de la même enseigne que le nôtre en début d'après-midi. On ne va pas au drive-in en hélico, évidemment. Au comptoir, il a commandé une tripotée de menus. Le temps que les employés, pensant avoir affaire à un fou furieux, les lui servent, la police a rappliqué. Là, Blérancourt a été obligé de s'expliquer.

Le petit Prince venait lui rendre visite. Ou un extraterrestre lui ressemblant drôlement. Depuis des années, il essaie de communiquer avec eux. Il a acheté un volcan et l'a transformé en piste d'atterrissage pour OVNIS. Ce matin, il a surpris du mouvement en haut du cratère. Il s'y est précipité. Un garçon l'y attendait, près de son vaisseau spatial.

– Vaisseau spatial ? reprend Séraphin.

– La tente, comprend Octave. Il a cru que la tente était ton vaisseau spatial.

– Trop stylé, juge mon petit frère.

Blérancourt a donné sa tête du zodiaque chinois à l'extraterrestre qui lui avait dessiné un mouton. Et comme l'extraterrestre lui a réclamé un MacDo, il est venu en chercher le plus vite possible.

Bernard Blérancourt a été emmené à l'hôpital, section des grands timbrés. Sa famille s'est fendue d'un communiqué le déclarant irresponsable. L'hélico est retourné à vide dans le Puy-de-Dôme.

– Complètement timbré le père Blérancourt, juge Octave.

– En tout cas, ça explique tout.

Séraphin devrait être triomphant. Au lieu de quoi il nous regarde de travers.

– Quoi ? on lui demande.

– Je vous avais dit qu'il y avait des lumières.

Nous mettons un peu moins d'une heure pour atteindre notre campement. La rivière est large et profonde. Les oiseaux rasent sa surface pour s'y désaltérer. Les pierres qui la bordent ont gardé la chaleur de cette journée ensoleillée. Ce bout de paradis est resté fidèle à mon souvenir. À part le panneau d'interdiction de stationner pour les camping-cars. Il est nouveau, lui.

Octave préférerait se garer dans un endroit autorisé. Quelle poule mouillée ! Nous sommes seuls. Je le force à garer le Vévé sous un saule pleureur qui le cache complètement.

– Le dernier à l'eau raconte l'histoire !

Octave est pris de court. On se précipite avec Séraphin vers la rivière. On tâte l'eau avant, quand même. Avec le soir, elle paraît moins frisquette. Séraphin se trempe dans une vasque où elle est plus chaude. Je plonge dans le courant et le bonheur m'inonde.

Je suis une égoïste. Je ne vous dirai pas où nous sommes ce soir. Mais je vous donnerai un conseil : baignez-vous en eaux vives, si possible dans une rivière non polluée avec peu de courant. Vous verrez la vie différemment. Sauf si vous étiez déjà heureux auparavant, bien sûr.

Octave arrive tout habillé. Apparemment, il rechigne à se baigner.

– Elle est bonne.

– J'ai pas envie.

Séraphin, prudent, reste dans sa vasque.

– Vous êtes deux rabat-joie, je leur balance avant de plonger comme un marsouin dans l'eau pure et douce.

Le soir tombe vite et avec lui se lève un vent septentrional. Nous nous séchons et nous emmitouflons, Séraphin et moi, dans la couette qu'Octave a eu la bonne idée de sortir du camion.

– On t'écoute, je lui dis.

– Pardon ?

Cette manie qu'il a de s'excuser !

– Le dernier à l'eau raconte l'histoire, rappelle Séraphin.

– Je suis nul pour raconter les histoires.

– Tu n'as pas le choix, petit scarabée.

Octave s'assied face à nous. Derrière lui, la rivière. Au-dessus de nos têtes, les étoiles. Le roi n'est pas notre cousin.

Octave soupire trois fois avant de commencer :

– C'était la nuit du nouvel an. Dans son immense palais, l'empereur de Jade s'ennuyait. Alors, il convia tous les animaux de la Terre à venir le voir. Ses fonctionnaires envoyèrent des invitations aux oiseaux,

aux poissons, aux mammifères, même aux insectes. Douze d'entre eux y répondirent.

– C'est l'histoire des animaux du zodiaque ? comprend Séraphin, à fond.

Pas bête mon petit frère. Il tient de moi.

– Seulement, on ne se présente pas devant un empereur dans n'importe quel ordre. Et chaque animal voulait être le premier. Les dieux décidèrent de les départager. Ils les alignèrent le long d'une rivière, comme celle-ci, et leur dirent : « Vous serez introduits chez l'empereur de Jade en fonction de votre arrivée sur l'autre rive. » Ils firent exploser un pétard pour marquer le départ et les douze animaux sautèrent dans l'eau.

Une chouette hulule dans notre dos. Elle aussi apprécie l'histoire.

– Le bœuf avait une très mauvaise vue. Mais il était puissant. Aussi le rat lui proposa de monter sur son dos pour le guider. Le rat était rusé. Il sauta sur la berge juste avant que le bœuf l'atteigne. Il fut le premier à être présenté à l'empereur. Suivirent le tigre, le lapin, le dragon, le serpent, le cheval, le mouton, le singe, le coq, le chien et le cochon. Cette histoire s'achève ici et je vais monter ma tente pour aller dormir. Bonne nuit tout le monde.

Malgré sa fin en queue de poisson, nous reconnaissons à Octave le mérite d'avoir conté un bout de quelque chose sans s'être défilé. Nous restons, Séraphin et moi, sous la couette, pendant qu'Octave s'installe de l'autre côté du saule pleureur.

– Oh, une étoile filante ! s'écrie mon petit frère.

Je la vois aussi, in extremis.

– Fais un vœu ! Vite !

On ferme les yeux et on se concentre très fort. Je ne lis pas dans les pensées de Séraphin et c'est tant mieux. Mais je suis à peu près sûre que nous faisons le même vœu. Du moins, je l'espère.

Kolpaki

J -242

Si vous voulez lire ce qui suit en écoutant la musique adéquate, je vous propose le générique d'*Amicalement vôtre* par John Barry. Vous l'avez ? Vous êtes prêt ? On y va.

Nous roulons sur la corniche qui surplombe la Méditerranée, entre Nice et Saint-Jean-Cap-Ferrat. La mer est d'un bleu profond. Les falaises sont ocre. Des yachts de luxe croisent près de la côte. La presqu'île de Saint-Jean apparaît. Un paquebot haut comme un immeuble de vingt étages mouille dans le golfe en contrebas.

– Wouah, souffle Séraphin qui a exceptionnellement le droit d'être assis sur mes genoux, à l'avant.

Un parfum de pinède et d'air salin nous parvient par les vitres ouvertes. Derrière ce surplomb, dans le lointain, la Riviera et l'Italie. Nous stoppons à une station-service installée sur un à-pic.

Il n'y a que deux pompes et une mini guitoune. On y vend l'essence la plus chère que j'aie jamais eu l'occasion de payer. J'hallucine une deuxième fois en remarquant que, dans la guitoune du caissier, les bouteilles de champagne côtoient les bidons d'huile de synthèse.

– Tu vois ce que je vois ? fait Octave alors que je réintègre ma place de copilote.

Deux blondes très court vêtues remplissent de glace le coffre d'un véhicule publicitaire pour une boisson gazeuse que je ne nommerai pas. Lorsqu'elles agitent leur chevelure, on a l'impression que le temps ralentit. Je donne une tape sur la tête de Séraphin, bouche bée. Il en bave.

Les filles s'en vont. J'éteins la musique. Retour au monde réel.

Nous descendons de la corniche pour nous engager sur la presqu'île. Ici, tout est propre... et mort. Murs aux crépis impeccables, caméras de sécurité, gardiens avec oreillette devant les portails. Nous nous garons. Une voiture de la police municipale nous rend visite deux minutes plus tard. La presqu'île est interdite au stationnement. Nous trouvons refuge sur le parking de la gare de Beaulieu-sur-Mer, toute proche. Un RER relie Nice à l'Italie. Faut dire ce qui est, la ligne D qui dessert Garges-lès-Gonesse est moins chic.

La tête de serpent appartient à un magnat ukrainien. Son nom : Gorko Kolpaki. Autant le Net s'est révélé prolixe sur Bernard Blérancourt, autant il est avare sur notre prochaine cible.

Kolpaki est milliardaire. Il a acheté cash la villa la plus luxueuse de la presqu'île qui, soit dit en passant, est l'endroit le plus cher de France. On ne sait pas dans quoi il travaille.

Nous n'avons même pas réussi à dénicher une photo potable du bonhomme. Le pompon, ça a été quand j'ai voulu étudier sa propriété via Google Earth. Les villas autour de chez lui sont nettement visibles. Même si les pins parasols en cachent une bonne partie. Celle de Kolpaki a été floutée. Quelqu'un qui a le pouvoir d'échapper aux médias et aux satellites d'observation américains ne doit pas être traité à la légère.

On descend du Vévé et on consulte le plan du coin sur un panneau d'affichage.

– On pourrait suivre ce sentier de randonnée. Il contourne la presqu'île et passe juste au pied de la villa.

– On se baignera ? réclame Séraphin.

Je soupire.

– On verra.

Cet enfant ne pense qu'à s'amuser.

Nous pique-niquons dans le Vévé. J'insiste pour qu'on prenne la tête de mouton. Je n'ai pas envie qu'on se la fasse voler. Nous remplissons un sac de serviettes, maillots de bain, gâteaux et bouteilles d'eau. Octave, plus grand, plus fort, plus intelligent, hérite de la tête en bronze et des jumelles. Nous nous ruinons en parcmètre avant de nous engager sur le chemin indiqué par des traits de peinture jaune.

Les sentiers de littoral ont un charme particulier. Marcher avec la mer d'un côté, surtout quand c'est la Méditerranée et la terre de l'autre, est plaisant, chouette, sublime. Ce coin émerveille. Même si, à la première plage, Séraphin abandonne vite toute prétention de baignade. Des méduses mortes recouvrent les galets de matière visqueuse.

– T'es sûr ? Tu ne veux pas y aller ? j'insiste.

Qui aime bien châtie bien.

Le chemin nous emmène dans la partie sauvage de la presqu'île, à la pointe, là où se dressent les villas les plus imposantes.

Nous nous arrêtons au pied de celle de Kolpaki. Nous n'en distinguons rien sinon le dessous de la terrasse, un carré blanc. La paroi rocheuse plonge droit dans la mer. Il doit y avoir un accès à un ponton. En se penchant, on aperçoit la proue d'un hors-bord, vingt mètres plus bas. Un escalier creusé à l'intérieur de la roche le relie sûrement à la maison. Une musique entraînante parvient à nos oreilles. De la techno. Le type là-haut doit être sourd comme un pot pour l'écouter aussi fort.

– Faudra pas trop compter passer par ici, je constate.

James Bond *himself* trouverait le challenge coton.

Nous revenons à notre point de départ, dépités. La nuit tombe. Le panorama est somptueux. Mais j'ai le moral en berne.

– Tiens, nos copines de tout à l'heure, remarque Octave.

Les blondes sont à côté de leur véhicule publicitaire, toujours aussi fraîches, souriantes et somptueuses. Sauf qu'elles ont crevé le pneu arrière gauche. Le prince charmant de notre *dream team* se précipite pour les aider.

– Ah bah oui alors. C'est pas de refus, fait l'une.

– Heureusement que vous êtes là.

– On est attendues dans une super party !

– Ah ouais ? Chez qui ? j'interviens.

Elles étudient mon accoutrement multicolore, ma bouille en trompette, mes cheveux rouges. Elles sont troublées. Les lutins n'existent pas ? Encore moins à Saint-Jean-Cap-Ferrat ! Ou alors, je suis une sorte de nain de jardin pour riche, vivant et de taille réelle, qui se paie une petite balade.

– Quelqu'un des pays de l'Est. Il est très très très très riche.

– Il se baigne dans le caviar.

– Et il s'appelle comment ?

– Gorki Trukmuche.

– Ils ont toujours des noms imprononçables.

Se baigner dans le caviar ? Beurk. Je garde cette réflexion pour moi. Je ne sais pas si Gorko Kolpaki a vraiment pour habitude de se vautrer dans l'œuf d'esturgeon.

Pendant qu'Octave s'échine à changer le pneu des bimbos, j'ourdis un plan qu'il faut bien qualifier de brillant.

J'ai écrit brillant ? Je retire. Ce plan est débile.

Je me suis glissée dans le bac à glace du véhicule publicitaire pendant qu'Octave faisait rire les filles. Ce qui n'était pas trop difficile. Nous avons convenu qu'ils m'attendraient ici, dans la Vagabonde. Octave était contre, bien sûr. Mais il n'avait pas de meilleure idée à proposer. Et si on m'attrape, eh bien, on m'attrape. Quoi qu'il en soit, je suis pelotonnée entre des canettes et de la glace pilée et je caille grave et elles mettent un temps fou à arriver dans cette satanée villa où on se baigne dans le caviar et je vais mourir gelée dans une pub à roulettes conduite par deux blondes décérébrées. Génial.

La voiture ralentit enfin. Nous franchissons un portail. Je glisse un œil par le coffre que j'ai pris soin de garder entrouvert. La voiture s'arrête. Les blondes en descendent. J'attends une dizaine de secondes et cours m'accroupir derrière un palmier. Je m'étrille pour retrouver ma couleur habituelle.

Pas de doute. Je suis chez l'Ukrainien. Un *sound system* crache depuis la maison, le même que celui entendu plus tôt sur le chemin. Les basses sont tellement fortes qu'elles font vibrer le palmier. Je vois mes blondes remonter dans leur véhicule et partir. Pas de bain aux œufs d'esturgeon, mes chéries. La voiture s'éloigne sur le chemin.

Si j'écoutais mon père, je les suivrais et sortirais de cette propriété. Un cambriolage réussi est un cambriolage préparé. Quatre-vingt-dix pour cent du travail se situent en amont. Désolée papa, je n'ai pas le temps d'étudier les faits et gestes de monsieur Kolpaki, ni de photographier les plans de l'architecte renommé qui a construit cette villa dont aucun mur n'est droit. J'agis à l'instinct. Et, que ça te plaise ou non, je vais profiter du bruit pour m'introduire comme Tom dans la maison de Jerry.

Une porte discrète, sur l'arrière, me tente bien. Elle n'est pas fermée à clef. Devant moi, un couloir et un escalier. Au bout du couloir, les boum-boum de boîte de nuit et des lumières colorées. Je monte l'escalier. Un couloir droit. Des portes. Des portes. Des portes. Comme dans ce film de Jacques Tati. Sur une des portes, une plaque : « Seul le boss a le droit d'entrer. »

Je suis vraiment une idiote. Ce serait écrit « Peinture fraîche », je toucherais pour vérifier. Je pousse la porte du boss et découvre une immense baie vitrée ouverte sur la Méditerranée. Un bureau est éclairé par la lune naissante. Devant ce bureau, un fauteuil à haut dossier est retourné. Quelqu'un est assis dedans. Du moins, je le sens. Trop tard.

La musique à l'étage inférieur s'arrête. La porte claque dans mon dos. La lumière s'allume.

Que les choses soient claires. C'est moi, Octave, qui parle. J'ai surpris Billie en train de prendre des notes alors que je conduisais. « Mon journal intime. » En fait, elle s'apprête à raconter notre histoire.

Je ne lui en veux pas. Mais je déteste qu'on parle à ma place. Du coup, je lui dicte les éléments manquants en roulant. Elle est tellement curieuse que, pour une fois, elle obéit sans discuter.

Dès que je la vois se glisser dans le coffre glacière des bimbos, j'ai un mauvais pressentiment. Pourtant, je laisse la voiturette s'éloigner, je retourne dans le Vévé, je ferme la porte derrière moi.

J'essaie de tromper mon angoisse. Des clous ! Je n'aurais jamais dû la laisser partir seule. Billie se jette dans la gueule du loup.

Je plonge dans mes affaires et prépare rapidement mon attirail.

– On sort, j'annonce à Séraphin.

– D'accord.

Il n'est pas contrariant. Pas comme sa sœur.

Je ferme la Vagabonde à clé. Je décroche mon vélo. Je dis à Séraphin de s'asseoir sur le porte-bagages. Il s'accroche à ma selle et nous voilà partis pour une randonnée vélocipédiste nocturne dans le paradis des ultrafortunés.

Ça grimpe pour aller jusqu'à la pointe de la presqu'île. Pas de la tarte avec mes trente kilos à l'arrière, et en danseuse. Surtout que Séraphin pousse des Youhou ! qui vont nous faire repérer. J'ai beau lui dire « Tais-toi », il continue à exprimer sa joie.

On s'arrête à cent mètres de la villa. Je planque mon vélo derrière un pin parasol. Comment on va franchir ce mur digne de Sing Sing ?

– Tu me suis et tu te tais.

Séraphin comprend que les choses deviennent sérieuses. Il me tend les deux pouces et murmure « OK chef » en prenant une pose de samouraï...

– J'ai compris que t'avais compris.

On trottine jusqu'au portail. Coup de bol, le portail s'ouvre pour laisser la voiture publicitaire sortir. Avant que j'aie le temps de dire ouf, Séraphin se glisse dans l'ouverture. Je lui cours après. Le portail se referme derrière nous. On se planque derrière un cactus.

– Eh ! Oh ! je chuchote. Je dis quand on y va.

– Oui chef bien chef.

Je lui fais les gros yeux. Il m'offre un visage angélique. Grrrrr.

– Move. Move. Move.

J'avance, plié, vers la maison, Séraphin sur les talons. Mon mauvais pressentiment s'est renforcé depuis tout à l'heure.

– Nous avons failli attendre.

L'homme qui vient de s'exprimer a la trentaine. Il porte des lunettes fines et un costard sur mesure. Je ne doute pas être en présence de Gorko Kolpaki. Son bureau dessine un immense ovale. Les murs... Ma bouche s'assèche. Les murs, jusqu'à la baie vitrée, sont constitués de deux gigantesques vivariums encombrés de rocailles, de végétation tropicale et de serpents dont les corps, verts et bruns, se meuvent et s'entremêlent lentement.

Deux molosses que je n'ai pas entendu venir me soulèvent par les bras, me portent jusqu'à une chaise, m'asseyent de force. Ils se mettent en position près de la baie vitrée qui donne sur une terrasse. Un troisième pitbull humain fait le guet à l'extérieur. Ils se ressemblent comme trois gouttes d'eau noire.

– Avons-nous besoin de vous attacher ? me demande Kolpaki.

– Ce ne sera pas nécessaire.

Il se lève, contourne son bureau en bois précieux, s'appuie dessus, près de moi. Je remarque la tête de serpent du zodiaque, dans une niche, derrière une vitre blindée.

– Quel âge avez-vous ?

– Quinze ans.

Kolpaki tire une cigarette d'un étui d'argent, la tapote, l'allume à un briquet plaqué or. Non, en or massif plutôt.

– Quelqu'un pourrait m'expliquer pourquoi une gamine de quinze ans s'est mis en tête de voler les têtes du zodiaque ?

Les deux pitbulls qui sont dans la pièce ne bougent pas un cil.

Tout à coup, Kolpaki me saisit l'avant-bras gauche et remonte ma manche de tee-shirt. Pareil pour le droit. Ses mains sont glacées. Il me lâche aussi violemment qu'il m'a attrapée.

– Aucune boucle du diable. Vous n'êtes donc pas une des douze.

Billie, c'est le moment de parler. Tu ne comprends plus rien et tu ne veux pas finir les pieds coulés dans le béton au bout de la presqu'île de Saint-Jean-Cap-Ferrat, aussi sublime soit-elle. Tu interviens mais ton intervention est pathétique.

– Les douze... quoi ?

Apôtres ? Travaux d'Hercule ? Kolpaki me fixe. Je soutiens son regard avec peine.

– Vous n'en avez jamais entendu parler ?

– Non.

– Vous les coiffez au poteau en piquant la tête de Paris puis celle de Blérancourt. Vous l'avez drogué, n'est-ce pas ? Je serais curieux de savoir avec quoi... Vous avez... quel est le terme adéquat... le culot de vous introduire ici pour vous emparer du serpent... de mon serpent. Vous serez à Londres dans trois jours, j'imagine ?

– Oui, je réponds dans ma grandeur ou grande candeur, au choix.

Kolpaki marche vers un de ses vivariums. Il tapote la vitre, continue sans me regarder :

– Moi aussi j'ai tenté de rassembler les têtes du palais d'Été. Je n'en ai qu'une mais je rêve de posséder l'ensemble. (Il soupire.) J'ai approché les collectionneurs européens. Dont Blérancourt. Ils n'ont rien voulu entendre. Je leur proposais pourtant le double, le triple de ce qu'ils avaient payé. (Il hoche la tête et revient vers moi.) Les douze ont eu vent de mes démarches. Je n'avais jamais entendu parler d'eux auparavant. Ils m'ont envoyé un émissaire qui m'a menacé. (Il éclate de rire.) Ils ont menacé Gorko Kolpaki !!! Ah ! Ah ! Ah !

Les deux cerbères rient aussi.

J'esquisse un pâle sourire. Kolpaki frappe son bureau du plat de la main, mettant fin à cet intermède humoristique.

– Leur émissaire était assis à votre place. Vous vous demandez ce qu'il est devenu ?

Je n'ai pas besoin de répondre par la négative, Kolpaki revient au sujet qui le préoccupe.

– Comment vous appelez-vous ?

– Vagabonde.

Le nom lancé comme une balle lui fait hausser un sourcil. Je gonfle ma modeste poitrine.

– Et je travaille en solo.

Il m'étudie comme on étudie un poisson ou un morceau de viande sur l'étal d'un marché. Ça ne sent pas bon, pas bon du tout. Un molosse glisse deux mots à l'oreille de Kolpaki.

– En solo, hein ! il me lance. (Puis au molosse :) Amène-le.

Je ne sais pas ce qui se passe. Je me tais. J'imagine le pire. Mon instinct associe des images de torture à la figure de l'Ukrainien. C'est lui qui retient mon père. Il va me l'exhiber, dans un état lamentable. Le visage ensanglanté. Avec un bras en moins.

J'ai peur.

– Vire tes sales pattes, gros loukoum farci !

J'étais loin du pire. Séraphin est amené dans le bureau, par la terrasse.

– Je tiens une crèche ou quoi ? Qui est ce morveux ?

– Mon petit frère, je réponds sans réfléchir. (Je me ressaisis.) Bon sang ! Qu'est-ce que tu fiches ici ?

– Octave a préféré te suivre.

– Octave ? s'exclame Kolpaki. Il y en a donc un autre ?

Il donne un nouvel ordre à ses hommes qui sortent des armes de poing et descendent dans le jardin. Le troisième reste avec nous. Séraphin s'est tu en contemplant les vivariums. Lui aussi fait le lien entre les serpents et celui qui vient d'acheter deux morceaux de viande pour le prix d'un.

Kolpaki paraît apprécier la nouvelle tournure prise par les événements.

Je roule-boule derrière un palmier. Je ne suis plus qu'à dix mètres de la maison. Je repère un *men in black*, sur la terrasse, côté Méditerranée.

– Eh ! Séraphe ! Ça va ?

Je me retourne vers Séraphin... qui n'est pas là. Et pour cause. Un second *men in black* le tient par le colbac, à cinquante mètres, et le traîne vers la maison.

Ce n'est pas vrai. Ils ont le petit frère. Si ça se trouve, ils ont déjà la grande sœur.

Saint double zéro sept, sois avec moi, c'est le moment de passer en mode commando.

Mademoiselle Bird possède un nécessaire à crochetage ? Moi, j'ai une sarbacane télescopique. Je la déplie, je choisis le poison adéquat (le curare fera l'affaire), je trempe la pointe de la fléchette dans la fiole, je vise la terrasse.

Pourquoi je me promène avec un attirail à la James Bond ? D'abord, je te signale, Billie Bird, que 007 use rarement de cette arme silencieuse et non létale. Ensuite, c'est pas tes oignons. Je suis en train de vous sauver, toi et ton petit frère. Comme dirait quelqu'un que je connais : observe et apprends.

– Résumons la situation, reprend Kolpaki. J'ai trois possibilités. Vous livrer à la police. Vous laisser repartir. Vous tuer. (Il écrase sa cigarette.) Ma préférence va à l'une d'elles. Devinez laquelle.

J'ai jamais été fan des devinettes.

– Nous laisser repartir ? j'essaie d'une toute petite voix.

Vous avez déjà vu un lycaon ou une hyène ? Pensez à ces charmantes bestioles et vous le verrez ricaner. On n'a pas affaire à un Blérancourt qui attend le petit prince dans son cratère du puy de Dôme. Ce type va nous tuer froidement. Ça ne fait pas un pli. Je n'ai qu'une arme : la parole. Je m'apprête à tout dire pour la seconde fois. Il me cloue le bec d'un index dressé.

– Il y aurait une quatrième possibilité.

Il s'approche de mon petit frère et lui caresse la tête. Un serpent à sonnettes, à l'unisson de son maître, agite ses grelots dans sa prison de verre. Mes poils se hérissent. Séraphin montre les dents. La frayeur se lit au fond de ses yeux.

Kolpaki paraît apaisé. Il inspire profondément et lance au bodyguard :

– Laisse-nous.

Le molosse se déplace sur la terrasse. Il ferme la porte vitrée derrière lui. Je le suis du regard. Il se donne une claque sur le cou, vacille et tombe comme une masse. Kolpaki, tout à Séraphin, n'a rien vu.

– Dis-moi ton nom.

– Ne me touchez pas.

– Dis-moi ton nom ou je te coupe un doigt.

– Séraphin.

– Bien.

Le molosse allongé sur la terrasse ne bouge plus. Une ombre se penche sur lui.

– Vous aurez ce que vous voulez si vous me montrez la tête.

J'ai fait ma proposition dans un anglais plus qu'approximatif. L'Ukrainien doit comprendre. Séraphin non.

Kolpaki me dévisage, surpris.

– T'es un sacré numéro, tu sais ? On pourrait presque devenir copains, toi et moi.

Il réfléchit, pèse le pour et le contre, me répond dans un anglais aussi basique que le mien :

– J'ai toujours ce que je veux. Mais je peux te montrer le serpent. Après, je te tuerai.

Il contourne son bureau tout en gardant un œil sur nous. Cette vitre blindée est à reconnaissance palmaire. Il plaque la main dessus. La vitre glisse dans le meuble.

Il décroche la tête de son socle et la pose devant moi avant de revenir à Séraphin.

Je n'attends pas. Je me jette en avant pour m'emparer de la tête de bronze et frapper celle de Kolpaki avec. Il est bien plus vif que moi et me retourne une claque qui m'envoie au plancher et m'assomme à moitié.

Il me domine. Des cloches sonnent à mes oreilles. Je n'entends pas ce qu'il me dit. Il porte la main à son cou, comme le type sur la terrasse une minute plus tôt, pirouette et s'écroule à côté de moi.

Je ferme les yeux. Quand je les rouvre, je vois Octave.

Il m'aide à me relever. Tout tourne. J'ai envie de vomir.

– Où est Séraphin ?

– Il va bien.

Cela seul compte. Je prends la tête de serpent et la fourre dans mon sac à dos.

– On s'arrache ! intime notre sauveur.

Kolpaki est étendu sur le plancher, les bras en croix. Il n'est pas mort. Juste endormi. Je l'évite comme s'il s'agissait d'une vipère.

Les bandes défilent dans les phares de la Vagabonde. L'effet est hypnotique. Quelle heure peut-il être ? Il n'y a pas d'horloge sur le tableau de bord. Séraphin dort, allongé sur la banquette arrière. Octave conduit. Je devrais me reposer, moi aussi. Mais je n'y arrive pas.

Nous n'avons pas pris le temps de dîner. Nous remontons plein nord par le plus court chemin. Nous sommes aux environs de Valence.

– Tu ne veux pas dormir un peu ?

Octave reste muet. Il m'inquiète. Ce serait dommage de mourir dans un accident de la route. Après ce qu'on a vécu…

– On s'arrêtera à la prochaine station.

Cinq nouveaux kilomètres défilent. Camions. Bornes de secours. Panneaux de sortie. Autour, les ténèbres.

Je craque :

– Tu as entraîné Séraphin dans ce traquenard.

– Je n'allais pas le laisser tout seul dans la Vagabonde. Et je te signale que, si je ne m'étais pas manifesté, tu serais en train de faire mumuse avec les méduses.

– Pfft.

– Pfft toi-même.

Une station est annoncée dans dix kilomètres.

– Le coup de la sarbacane, c'est en histoire de l'art qu'on l'apprend ?

– Nan. Chez les scouts. (Octave se tourne vers moi.) Je te rappelle que je connais toutes les techniques d'assassinat du lama vengeur.

Je commence à le croire.

Il m'a donné sa version des faits. Le garçon qui conduit est-il vraiment étudiant en histoire de l'art ? Je ne sais pas ce que vous en pensez. J'ai comme un doute. Doute et confiance ne font pas bon ménage.

Nous nous arrêtons enfin. Je fonce aux toilettes de la station… avec mon ordi. Je me connecte et avise Dracula que nous n'avons plus une tête mais deux : le mouton et le serpent. J'éteins l'ordi, je fais pipi, je retourne dans le camion. Octave s'est garé dans le coin réservé aux camping-cars. Il a déjà déployé la Vagabonde. La rumeur de l'autoroute est à peine audible. Elle ne m'empêchera pas de dormir.

Le toit est déplié, le hamac tiré, Séraphin calé dedans. Il râle sans se réveiller pour autant.

– Tu permets que je dorme avec vous ? demande Octave.

– Tu ne vas pas monter ta tente entre deux camions.

Il se prépare une couchette spartiate dans la cabine de pilotage. J'hésite à lui proposer de dormir avec moi. Si on plaçait un traversin entre nous deux… Finalement, je me tais. On s'installe. On éteint.

– Ce Kolpaki est un sale type.

Je frissonne rien qu'à prononcer le nom de l'Ukrainien.

– Tu penses qu'il sera à la vente à Londres ?

– Y a des chances.

– T'as prévenu Dracula ?

– Ouais.

– Il t'a répondu ?

– Non.

Je me tourne et me retourne. J'entends Octave respirer plus calmement. Je suis donc la seule à ne pas dormir sur cet hémisphère ?!

J'attrape l'ordi, l'allume, accroche de nouveau le réseau de la station, vais sur le site...

J'ai un message de Dracula. Sa réponse me procure une sensation étrange, à la fois chaude et froide, mélange d'espoir et d'inquiétude. Elle dit :

« Emparez-vous de la troisième tête. Lorsque vous me la remettrez, avec les deux autres, en mains propres, je vous donnerai des nouvelles de votre père. »

Britannia

J -241

La Vagabonde est une brave machine. Elle nous amène à Boulogne-sur-Mer en milieu d'après-midi. Octave aussi a été courageux. Il a dormi, sûrement très mal, à l'avant du camion. Et il a conduit toute la journée en conservant une humeur égale.

Nous avons embarqué sur le premier ferry. D'après les écrans de télé qui montrent notre progression, il nous reste deux tiers de channel à traverser.

– On tâchera de s'installer dans un camping près de Londres cette nuit, projette Octave.

Il est assis dans un fauteuil confortable, allongé plutôt, une main posée sur son sac à dos qui contient le mouton. Mon sac recèle le serpent. La possibilité que les douaniers fouillent le camion et tombent sur ces deux pièces sans doute inscrites dans le top five des œuvres d'art volées, ne nous a effleurés qu'après.

Heureusement. Nous aurions eu l'air beaucoup moins innocents. Et ils nous auraient peut-être repérés.

– Que fera-t-on de la Vagabonde une fois à Londres ?

– La circulation y est ultraréglementée. L'idéal serait de la laisser à l'extérieur de la ville.

– Dans un parking surveillé, près d'une gare, en banlieue ?

– Sans doute.

Le « doute » d'Octave est avalé par un ronflement. Bercé par le ferry, il vient de larguer les amarres pour le doux pays des rêves. Il se réveille en sursaut, dix minutes plus tard, lorsque Séraphin s'exclame :

– Prends ça, gros Cé-o-haine-a-ère !

Il joue à la DS et il a pris l'habitude d'épeler les gros mots. Je lui administre une taloche légère.

– Eh ! Parle mieux !

– Ben quoi ? Je viens de perdre toutes mes émeraudes de la dernière chance !

– N'empêche.

– Je vais me chercher un café, annonce Octave.

– En plus, il y a deux *n* et un *d* à la fin.

– C'est pas toi qui vas m'apprendre à parler !

Je l'attendais. Le clash inévitable. Séraphin équivaut à une réaction en chaîne thermonucléaire permanente. Même quand il dort. Loin du père et après les événements vécus cette semaine, il était inévitable qu'il s'oppose à sa grande sœur.

– J'ai quinze ans. Tu en as huit. Tu me dois respect et obéissance.

Il maugrée une réponse que je préférerais ne pas avoir entendue.

– Qu'est-ce que tu viens de dire ?!

– Rien.

– Attention Séraphin !

– Y a de l'ambiance à ce que je vois.

Octave se laisse retomber dans son fauteuil, un gobelet en carton à la main. Je m'abîme dans la contemplation de la Manche. Nous devons approcher du fameux rail d'Ouessant, la route maritime la plus fréquentée au monde. On voit les cargos, à la queue leu leu. En cet instant, si notre ferry en percutait un, cela ne me ferait ni chaud ni froid.

Je sors le carnet de papa et l'ouvre à la première page. Aristote. « Était à la recherche du bonheur. Voir Hobbes. » Je me rends à la page correspondante. « Minimiser les pertes en dépit des obstacles. » Super messages. Merci papa. Trop cool.

Je fourre le carnet dans ma poche et consulte mon téléphone portable. Il est en service restreint. Je n'ai pas prévenu l'opérateur que j'allais en Angleterre. Opérateur qui m'aurait surfacturé le moindre appel depuis l'étranger. Voleurs. Tous des voleurs. Je teste mon ordi. Il se connecte. Même pas envie d'aller sur le Net. Je l'éteins et le referme.

– Flûte ! (Je sais gré à Séraphin d'avoir surveillé son langage.) Ma DS a plus d'énergie.

Je lui annonce sans pitié :

– Oublie-la.

– Pourquoi ?

– Ce ne sont pas les mêmes prises en Angleterre. À moins d'acheter un adaptateur, tu ne pourras pas la recharger.

– On achètera un dadapateur.

– On verra.

La réponse de la bergère au berger. Moi aussi, je peux être méchante quand je veux. Séraphin se lève, incarnation de la révolte.

– Tu vas où ?

– Au Vévé chercher mon chargeur.

Octave, arrondisseur d'angles, sent que je suis sur le point de l'interdire. Un petit garçon de huit ans ne se promène pas tout seul dans un ferry !

– Je l'accompagne.

Ils s'en vont tous les deux, me laissant broyer du noir. Ils s'en vont et ne reviennent pas. Cinq minutes. Dix minutes. Un quart d'heure. Les côtes crayeuses de la perfide Albion se rapprochent.

– Qu'est-ce qu'ils fichent ?

Je descends jusqu'au pont où sont garés les véhicules. Le ferry tangue un peu et me rappelle que nous sommes sur un monde flottant. Le Vévé est coincé entre un camion et un gros camping-car Pantoufle. Les bruits sont agressifs. Tout vibre. L'odeur d'essence est puissante.

La peur surgit. J'aurai à vivre un certain temps avec. Et si Kolpaki nous avait suivis ?

Je me glisse entre les véhicules. Je suis obligée de me mettre en biais pour avancer. Je repère la Vagabonde à sa carrosserie verte. Séraphin passe la tête par une portière.

Une main enserre son cou. On est en train de l'étrangler. Séraphin tire la langue en faisant des gargleux. Il a les yeux exorbités.

Comment réagiriez-vous ? Moi, je suis tétanisée par la terreur. Jusqu'à ce que Séraphin enlève sa main et arrête de faire semblant de s'étrangler lui-même.

– C'était pour rire, s'excuse-t-il.

Octave passe la tête à son tour, candide.

Des jurons interdits aux oreilles d'un enfant de huit ans se bousculent contre mes lèvres... que je serre. Je préfère remonter au *lounge deck*. Les garçons me rejoignent rapidement. Le reste du trajet s'effectue dans une ambiance mortelle. Au moins, la DS est en train de charger.

– Tu ne veux pas en profiter pour charger aussi ton ordi ? propose Octave.

Il a raison. Idiote, je l'ignore.

Je suis sûre qu'une fois dans votre vie vous avez fait vœu de silence. Bonne façon de montrer qu'on est blessé ou en colère. Le problème c'est qu'on se piège vite soi-même et qu'on risque de sombrer dans le ridicule. Octave et Séraphin ont compris que j'ai eu très peur. Ils ont relié cette peur à Saint-Jean-Cap-Ferrat. Ils se sont excusés. Obstinée, je continue à me taire alors que nous débarquons du ferry et que nous nous lançons sur l'autoroute qui relie la côte à Londres.

Octave ne se formalise pas. Il branche la radio. La voix du speaker de la BBC, vif et drôle comme bon nombre d'Anglais, détend tout de suite l'atmosphère. La pluie se met à tomber, drue et à l'horizontale. Un morceau de rock prend le relais du speaker.

– J'ai repéré un camping à côté de Greenwich, annonce Octave. On pourra aller à Londres en métro ou en bateau. Sur la Tamise. Ce serait chouette en bateau. Moi, j'essaierais bien le bateau.

Je me tais. Je fixe la colère du ciel que les essuie-glaces de la Vagabonde peinent à balayer. Je ferme les yeux. Séraphin demande depuis la banquette arrière :

– Pourquoi ils roulent à l'envers ?

J'ouvre les yeux, tout à coup flippée à l'idée qu'un conducteur lunatique ait pris la highway à contre-sens. Je comprends qu'il veut parler de la conduite à gauche.

– Tout est à l'envers ici, explique Octave. On mange le dessert en premier. La semaine va du dimanche au lundi, mais dans l'autre sens. Les gens portent leur caleçon au-dessus de leur pantalon…

– Tu racontes n'importe quoi.

– Je ne te permets pas ! réplique le conducteur, faussement vexé. Je te rappelle que nous sommes dans le pays d'Alice au pays des merveilles et de Harry Potter.

– Vrai ?

Je romps mon pacte d'asociabilité. Je n'en reste pas moins perfide.

– Tout ce que dit Octave est vrai, mon chéri.

Séraphin ne sait pas trop quoi penser de ma réponse. Quoi qu'il en soit, il surveille l'extérieur pluvieux avec plus d'attention. Des fois que des Mangemorts s'attaquent à la Vagabonde…

Nous trouvons le camping au crépuscule. On nous attribue un emplacement. La pluie ne cesse pas de tomber.

– C'est normal, ce temps, pour un mois d'avril ? je demande au gérant dans mon anglais de cuisine.

– Il pleut depuis quinze jours, me répond-il avec le sourire. Nous avons une saison assez humide.

Le flegme britannique… Un tour aux sanitaires (j'ai grand besoin d'une douche, avec savon celle-là) et nous voilà à trois dans le microcosme du Vévé pour préparer notre dîner. Je serais bien allée au pub du village d'à côté mais il n'est pas « family friendly » comme on dit ici. Il est interdit aux mineurs. Seul Octave a le droit de rentrer.

Il nous concocte un curry avec ce qu'il a acheté à l'épicerie du camping. Séraphin, dont l'estomac ne supporte que peu d'aliments, se contente de semoule et d'une boîte de thon. Octave s'est aussi acheté une bouteille de bière. Sur l'étiquette, un gobelin ricane.

La pluie tombe, tombe, tombe. Nous sommes bien dans notre spoutnik à roulettes qui s'avère parfaitement étanche. Nous mangeons en écoutant la radio.

– On ne va pas te laisser dormir sous la tente.

C'est moi là ? J'ai parlé ? Et je continue. Attention, dédoublement de personnalité !

– Je te ferai une place dans mon lit, si tu veux. (Octave a l'air de se demander si c'est du lard ou du cochon.) On mettra le traversin entre nous deux. (Séraphin me regarde lui aussi avec de grands yeux.) Si tu ronfles...

– J'ai un sommeil très paisible.

Octave a acheté un cheese-cake. Je plonge dans le placard à vaisselle à la recherche d'assiettes et de petites cuillères. En fouillant, à l'aveugle, je tombe sur un objet coincé dans l'interstice, entre le placard et la banquette. Je m'échine à le libérer.

C'est une minuscule boîte à musique. Elle est noire. Un miroir orne sa face interne. Je tourne la manivelle. Le mécanisme fonctionne encore. L'air ne reprend pas la sempiternelle berceuse de Schubert qui sert à endormir, chaque soir, des millions d'enfants sur Terre.

– Elle est jolie, juge Séraphin.

Je lui fais un bisou sur le front. Il est aussi étonné que moi.

Il est embringué dans cette histoire avec nous. Il ne sait pas pour le métier de papa. En même temps, il faudra bien qu'il l'apprenne un jour.

– Séraphin, je vais te dire un secret. Un vrai secret qui restera entre nous. D'accord ? (Mon petit frère acquiesce gravement.) Le métier de papa consiste à voler. Des choses. Il ne vole pas les gentils, du moins il essaie. Il se concentre sur les méchants.

– Comme nous avec les têtes d'animaux ?

J'acquiesce gravement à mon tour.

– Papa, il a eu un problème ? À cause de son métier ? Et les têtes sont comme une rançon ? (Alors là, il me bluffe.) Nos vacances, elles ne ressemblent pas à des vacances. Je les trouve bien quand même.

Il avale son verre d'eau d'un trait, comme s'il arrivait du désert. Ça m'a toujours énervée cette façon de boire. Quand je lui dis, il me répond : « Si je ne bois pas, dans trois jours je suis mort. »

– Il en reste combien ?

– Quoi ? on réagit, Octave et moi.

– Des têtes. (Il soupire.) Vous avez un cerveau à deux euros aujourd'hui.

– Dis donc bonhomme, menace Octave.

– Il en reste une. On doit la voler après-demain. Mais ce sera difficile.

– Pourquoi ?

– Elle est très protégée. Il y aura beaucoup de policiers. Faudra qu'on soit malins.

– Te fais pas de bile, Billie. (Il me pousse gentiment de l'épaule.) On va y arriver.

Ce démon blond a renversé toutes mes barrières. Je le serre fort contre moi. Il se débat pour échapper à l'étreinte.

Nous nous installons pour dormir. Je me glisse entre le traversin et la cloison du Vévé. Octave ne bouge plus. Il dort déjà ? Je m'efforce de suivre son exemple.

– Billie.

Séraphin m'appelle en chuchotant depuis l'étage supérieur. Je vois sa tête dépasser du hamac grâce au peu de lumière qui filtre entre les occultants.

– Faut pas avoir peur.

– Qu'est-ce que tu racontes ?

– Les méchants, Octave il peut les cramer comme des saucisses. Prouf.

Séraphin sait qu'il a réglé leur compte à trois gardes du corps taillés comme des armoires à glace et à un Ukrainien psychopathe. De loin, avec une sarbacane. Total respect.

– Billie.

Moi aussi je suis crevée. J'ai envie de dormir !

– Quoi ?

– Vous êtes amoureux ?

Je ne prends même pas la peine de répondre. Demain, mon voisin de lit dort sous la tente.

J'essaie de me détendre. En vain. Je pense à trop de choses.

Au cambriolage qui nous attend.

À ceux que nous avons réussis.

Aux douze.

Et à la boucle du diable dont m'a parlé Kolpaki.

– C'est ton père qui t'a acheté la boîte à musique ?

Cette fois, Octave me parle. Ils ont quoi, les garçons, ce soir ?

– Non.

– Il l'a volée ?

– Non.

– Tu l'as volée ?

Je me frotte le bout du nez, comme Mary Poppins qui passe peut-être au-dessus de la Vagabonde, accrochée à son parapluie.

– Ma mère me l'a offerte.

Octave comprend qu'il va poser la mauvaise question, être obligé de s'excuser, se prendre une chaussure en travers du visage.

– Bonne nuit, me dit-il.

Une fois n'est pas coutume, je m'endors avant tout le monde.

Londres

J –240

Le lendemain de Noël, les Anglais fêtent le Boxing Day. Il y a aussi le Labour Day, le Guy Fawkes Day, le Valentine's Day, le Saint Patrick's Day. Je propose solennellement le Surprise Day et je le fixe au 24 avril, soit aujourd'hui. Vous allez comprendre pourquoi.

Première surprise : il s'est arrêté de pleuvoir. On repère même un bout de ciel bleu. Nous quittons le camping et allons déguster notre premier english breakfast dans une cafétéria de supermarché. Je vous vois grimacer, lecteur français. Mais sachez que les formules proposées par certaines enseignes sont excellentes et aussi nourrissantes qu'un cheesecake. Surtout l'assiette du charpentier écossais que j'ai l'audace de commander. Séraphin s'empiffre de toasts, de scrambled eggs et de saucisses. Octave se contente de thé et de gâteaux secs.

Nous repérons la gare du bled où nous avons petit-déjeuné. À deux pas, il y a un parking surveillé. Nous y garons la Vagabonde, la fermons à clé et payons pour deux jours. Nous comptons revenir, avec ou sans la troisième tête, le lendemain après-midi. À la gare, j'attrape un journal gratuit. Nous sautons dans le premier train pour Londres.

Deuxième surprise : la vente de la tête de chien est annoncée en première page. Plus gênant, nous sommes devenus célèbres. Le lien a été fait entre Paris, le Puy-de-Dôme et Saint-Jean-Cap-Ferrat. Gorko Kolpaki a porté plainte. Il fait l'objet d'un article à part.

La justice anglaise n'aime pas monsieur Kolpaki. Plutôt, elle aimerait le voir de plus près. Pour lui réclamer les quelques millions de livres sterling qu'il doit à la Couronne. Il est persona non grata au Royaume-Uni. Enfin une bonne nouvelle ! Malheureusement, il a affirmé au journaliste que son voleur, une ado aux cheveux rouges, sera à la fameuse vente.

– Tu es grillée, constate Octave.

Interdite de pubs ! Interdite de ventes aux enchères ! Je commence à en avoir marre.

La vente aura lieu. Quoi qu'il advienne. Mais Scotland Yard sera là. Au pays de Sherlock Holmes, c'est la moindre des choses.

Octave plie le journal et le fourre dans sa poche de pardessus.

– Je vais aller à la salle de ventes. La tête est exposée jusqu'à ce soir. Inutile de m'accompagner. On se retrouvera pour déjeuner.

– Où ?
– Tu connais Londres ?
– Non.

Lui, par contre, il a l'air de connaître. Il note sur un bout de papier.

– À midi, à la cafétéria du Victoria and Albert Museum. On ne peut pas se louper.

Le train arrive à l'heure dite. Nous achetons des *Pass* pour le métro. Octave nous laisse. J'étudie la ville par le biais de son réseau souterrain.

– Qu'est-ce qu'on fait ? s'impatiente Séraphin.
– On va au musée et on avise.

Nous arrivons au Victoria avec une bonne heure d'avance. On laisse nos sacs au vestiaire et on en profite pour visiter.

Les musées anglais sont géniaux. Ils sont gratuits (enfin, la plupart). Ils sont immenses. Ils pensent aux enfants. Entre les salles d'exposition, des espaces pédagogiques sont prévus pour qu'on s'amuse. Avec Séraphin, on se déguise comme au temps de Shakespeare ou de la reine Victoria, on reconstruit le Crystal Palace, on remonte une armure.

Cerise sur le gâteau, le V&A dispose d'un accès Internet. Séraphin joue avec une borne multimédia à côté de moi. Comme il est très heureux, il se cure les crottes de nez et les colle sous la table.

Je consulte mes mails. Rien d'intéressant. Je me connecte au site des joyeux cambrioleurs. Rien de neuf non plus côté Dracula. Une idée me trotte dans le crâne. Je rentre dans la Droguerie. Comme dans tout magasin, les objets sont rangés par familles. Qui cherche trouve. Dans mon cas, un disjoncteur.

L'objet qui s'affiche n'a ni marque ni code-barres mais j'ai rêvé de lui en m'attaquant à la Banque de France. Et quelqu'un a réalisé mon rêve.

Ce boîtier blanc d'apparence anodine se branche sur n'importe quelle prise. Quand on bascule l'interrupteur, il envoie une décharge dans le réseau électrique. Il peut plonger un immeuble de dix étages dans le noir complet pendant cinq secondes. Son prix : 299 euros. Il est livrable n'importe où dans le monde en vingt-quatre heures, sept jours sur sept, trois cent soixante-cinq jours sur trois cent soixante-cinq. J'adore ce site.

Je ne sais pas pourquoi, je suis sûre que cet objet va nous servir. Je dégaine ma carte bleue (enfin, celle de mon père). Je prends garde à commander un modèle opérationnel en Angleterre. Je paie. Mon mégadisjoncteur sera disponible à partir de demain, onze heures, dans une boutique de Bayswater dont je note l'adresse avec minutie.

Tant que j'y suis, je retourne sur Google et tape « boucle du diable. » La réponse tombe via le site Wikipédia. L'expression inquiétante utilisée par Kolpaki désigne le signe de l'infini, soit le 8 couché. Et rien d'autre. Ça me fait une belle jambe.

Je tape aussi « douze. » Autant chercher une aiguille dans une botte de foin. Bredouille je demeure.

On s'arrache des postes informatiques, direction la cafétéria du musée. On se perd un peu en route et on se retrouve dans une salle consacrée à l'art asiatique. Séraphin s'arrête devant une vitrine.

– Viens ! On va être en retard.

– Regarde. La fontaine.

Je m'approche. Un immense livre nous montre une gravure sur une double page. L'image représente un petit palais, un double escalier, des statues entourant un bassin... Je mets au moins dix secondes à reconnaître la fontaine du zodiaque.

– Dingue, j'articule.

On s'amuse à repérer les têtes qu'on a déjà. Je prends une photo avec mon téléphone portable. Mais là, faut vraiment qu'on y aille. En tout cas, il est trop top ce musée !

Octave nous attend à la cafétéria, tranquille, dans une alcôve.

– Vous avez faim ?

– Après le petit-déj qu'on a englouti... bof.

Je prête mon téléphone à Séraphin qui s'amuse à prendre des photos avec. Octave commande une bière et un jus de mangue pour ma pomme.

– Si je n'étais pas d'un naturel optimiste, commence-t-il, je dirais que c'est infaisable. Impossible d'approcher la tête à moins de trois mètres. Il y aura une dizaine de policiers dans la salle et sans doute d'autres en civil. Six caméras filmeront la salle des ventes sous tous les angles. Quand elle n'est pas exposée, la tête est enfermée dans un coffre de la Banque d'Angleterre...

– Et comme tu es d'un naturel optimiste, tu penses que c'est faisable.

Il sourit et sort le journal que nous lisions dans le train, ce matin. Il est ouvert à la page Spectacles. Octave désigne un encart.

– Ils jouent *L'homme invisible* au Drury Lane Theatre, je constate. Stupéfiant.

Octave ignore mon ton blasé et me glisse un autre article sous le nez. Dans les pages Sciences, cette fois. Il me traduit les passages trop techniques. Puis il m'expose ce qu'il faut bien appeler un plan. D'abord, je n'y crois pas. Puis l'idée fait son chemin. Puis je me projette. Puis je me dis : c'est frappé mais ça pourrait marcher.

Je lui parle de ma commande sur Internet. Parfait. On est sur la même longueur d'onde.

Nous peaufinons notre stratégie pour le lendemain. Il me faudra un *Investigation kit*, comme il dit. Ainsi qu'un hôtel pour ce soir. Bref, on n'a pas de temps à perdre.

Avant de quitter le Victoria, je repasse au poste Internet, je me reconnecte à voleurs.com, je retourne dans la Droguerie. Je commande une carte d'expert de la police scientifique du Royaume-Uni à un faussaire. Celui qui me la fabriquera ayant besoin de ma trombine, je me photographie avec la webcam. J'allège le compte secret de papa de 999 euros. Ouille. Ça commence à chiffrer.

Je rejoins les garçons à l'extérieur. Séraphin a emmené Octave dans la salle asiatique. Lui aussi a vu la gravure. Il trouve cette coïncidence de bon augure.

Les heures filent à toute vitesse. Nous achetons mon déguisement chez un vendeur de protections professionnelles. Je me compose une boîte à outils pour faire bonne figure. On prend un bus à impériale et on s'assied en haut, à l'avant, pour profiter du spectacle.

Nous posons nos valises au Royal Majestic Hotel, dans Bayswater, pas très loin de la boutique de parieurs où je dois retirer mon mégadisjoncteur. Octave a sa chambre. Je dormirai avec Séraphin. Nous nous emparerons demain matin de la pièce qui manque à notre panoplie. Sans trop de difficultés, j'espère. Les loges d'artistes dans les théâtres ont toujours été moins bien gardées que les coffres-forts dans les banques d'État.

La nuit tombe. Nous dînons dans un restaurant perse. La nourriture est bizarre et très colorée. En quittant le restaurant, Séraphin s'exclame :

– Regardez ! Un renard !

Bien vu le petit Prince ! Un renard magnifique traverse la rue. Il s'arrête, nous observe, se coule dans une ruelle.

– Ils sont nombreux en ville, nous apprend Octave. Ils sortent surtout la nuit quand les Londoniens ont déposé leurs poubelles sur les trottoirs.

Nous revenons à pas comptés à notre faux palace. Les chambres sont bruyantes. On s'en fiche. Nous sommes comme des explorateurs à la veille de partir en expédition. Heureux, impatients, excités.

Nous réglons les derniers détails de notre plan pendant que Séraphin regarde un dessin animé à la télévision. Il est bientôt l'heure de dormir.

Octave retourne dans sa chambre. Je laisse mon petit frère avec un livre sur la gent vulpine acheté dans l'après-midi, puis je descends à la réception. Avant de me coucher, je veux essayer d'appeler papa.

L'Indien à la réception me confie le téléphone. Je compose le numéro de portable. La litanie a changé. Maintenant, le correspondant ne peut plus être joint. Mon cœur se serre involontairement.

Je prends sur moi et appelle notre appartement à Garges-lès-Gonesse. Des fois qu'il y ait un message.

Il y en a quatre.

Trois de Maxence qui s'inquiète de savoir où nous sommes. Le Capitaine a été incapable de lui répondre. Max ne sait rien de plus concernant mon père. Il insiste pour que je le rappelle.

Quant au quatrième message... C'est ma troisième surprise du jour.

Je l'écoute. Je n'en crois pas mes oreilles. Je tape 1 pour le réécouter.

Octave Dieuzaide vient de rentrer du Japon. Son appartement a été visité pendant son absence. Il en est sûr, bien qu'on ne lui ait rien volé et que la serrure soit nickel. Ceux qui sont venus chez lui ont juste arraché le flexible de douche. Bizarre. Bizarre. Il rappellera plus tard.

Je raccroche et remonte, hébétée, dans ma chambre.

Si Octave Dieuzaide est à Paris, le mien, c'est qui ?

Passe-passe

J -239

Qu'est-ce qu'un bon cambriolage ? Quatre-vingt-dix pour cent de préparation et dix pour cent d'action. Dixit mon père. Et qu'est-ce qui compte dans les dix pour cent d'action ? Le timing.

Papa aimait bien nous montrer ces vieux films des années 70, les *Panthère rose*. Les films sont ringards mais fun. Le personnage principal s'appelle Clouseau. L'inspecteur Clouseau. Il est joué par Peter Sellers. Je me remémore surtout une scène. Elle est en trois temps.

Un : Clouseau fait des barres parallèles. À sa droite, une cage d'escalier. Il se balance sur les barres, effectue une sortie... à droite évidemment. Il plonge dans l'escalier.

Deux : Clouseau déboule à l'étage du dessous, roule derrière un canapé, se redresse, fringant. Une femme est assise dans le canapé. Il se plante devant elle... et lui écrase le pied. Surprise, elle se redresse.

Trois : Surpris lui aussi, il recule. Il y a une armure juste derrière lui. Il se retourne et l'explose du tranchant de la main, comme au karaté.

Du gag à l'état pur, rythmé. Chronométré. À la seconde près. Le timing parfait.

– À quoi tu penses ? veut savoir Octave.

On prend notre breakfast. Ce gars-là ment depuis le début. Ce n'est pas forcément un ennemi mais, je ne sais pas pour vous, j'ai toujours eu tendance à me méfier des menteurs.

– À la panthère rose. Et toi, à quoi tu penses ? je réplique.

– Qu'on va tenter un sans-faute.

Malgré moi, je frémis.

S'il est écrit que nos routes se séparent après le cambriolage, Octave Kiketusois, tu me manqueras.

– Personne veut savoir à quoi je pense ? intervient Séraphin.

– À ta DS.

Nous avons parlé d'une seule voix, Octave et moi. Bonne réponse. Le minus est baba.

9 HEURES

Nous réglons nos montres devant le théâtre de Drury Lane où se joue l'*Homme invisible* d'après le roman de Herbert George Wells. Aujourd'hui, c'est relâche. Le théâtre est fermé. Je prends les choses en main. Comme j'en suis une, je passe par l'entrée des artistes. Le concierge n'est pas dans sa guitoune. Et pour cause. Il est bloqué à l'accueil, en train d'expliquer à un touriste français borné, accompagné d'un petit garçon, qu'il n'y aura pas de représentation ce soir.

J'entends des machinistes qui travaillent sur la scène, au bout de ce couloir. Je grimpe le premier escalier. Les loges sont frappées d'étoiles de music-hall. Des affiches défraîchies d'anciens spectacles décorent les murs. Je trouve le bureau du directeur au bout du corridor. Il fait relâche, lui aussi. La porte cède devant mon passe-partout au bout de vingt secondes. J'entre dans le bureau. Le coffre-fort est ancien et massif. Une seule mollette commande l'ouverture. Je m'attendais à plus coriace.

On dit que certains mages n'ont qu'à observer une mollette pour deviner la combinaison d'un coffre. D'autres tendent simplement l'oreille. Moi je vais utiliser mon téléphone portable.

Watch and learn, part two. J'allume mon téléphone. Je branche l'ampli. Je le colle contre le métal et y colle mon oreille. C'est comme un stéthoscope, en plus performant. Je manipule la mollette. Clic. Clic. Clic. Clac. J'appuie sur la poignée. Le coffre me révèle ses merveilles.

Je ne suis pas venue chercher un hologramme de billet de cinq cents euros mais un masque. Celui décrit dans les pages Sciences du journal de la veille. Le masque utilisé par l'acteur qui joue l'homme invisible. Il est très léger. Il est sombre. Il est tapissé d'un nombre ahurissant de micro écrans en méta matériaux qui courbent la lumière. Je n'ai pas tout compris à la façon dont il fonctionne. En revanche je sais que l'acteur, quand il le porte et l'active (ce pour une durée d'un quart d'heure, les batteries n'offrant pas une plus longue autonomie), fait disparaître sa tête. Voilà le clou de la pièce. Ce sera le clou de notre numéro.

J'empoche la merveille technologique. Je referme le coffre. Je sors en catimini. Je retrouve les garçons devant le théâtre. Le concierge vient de leur claquer la porte au nez. Première partie accomplie.

11 HEURES

J'entre dans la boutique de parieurs près de la station de Bayswater où je dois récupérer mes articles. Les Anglais parient sur tout. Les matchs de football, les courses de chameaux, le vol annoncé à la vente aux enchères. Eh oui, il y a des paris sur le challenge que nous nous sommes fixé. Nous sommes donnés perdants. Rira bien qui rira le dernier.

Je me présente au guichet numéro 3. Le spécimen humain qui vérifie ma carte bleue a une crête violette sur le crâne. J'adore aussi l'Angleterre pour les punks qui n'y sont pas morts. Mieux, ils travaillent. L'Iroquois se rend dans son arrière-boutique et revient avec deux paquets. Je file sans avoir échangé un mot. C'est aussi simple que de retirer un colis à la Poste. Internet ? Je vote pour.

Je rejoins mes comparses à l'hôtel. Nous y ouvrons les paquets. Le premier contient le mégadisjoncteur, le second ma fausse carte de la police scientifique, avec ma trombine et mon nom. Billie Bird. Pourquoi en changer ? Il sonne bien, vous ne trouvez pas ?

Nous bouclons nos sacs. Nous rendons les clés de nos chambres. Nous changeons de quartier. Deuxième partie accomplie.

MIDI

La vente commence dans deux heures mais il y aura du monde. Il faut impérativement qu'Octave soit assis au premier rang, le plus près possible de la tête de chien, pour que notre plan fonctionne. Nous le laissons devant l'entrée du très chic immeuble de la maison de ventes, près de Saint James Square. Des gens attendent déjà, leur catalogue sous le bras. L'excitation est palpable.

Je me rends dans Hyde Park, tout proche, avec Séraphin. Nous nous promenons. Nous grignotons. Nous donnons à manger aux écureuils. Nous allons voir des échappés de l'asile se baigner dans la Serpentine qui doit être à dix degrés. Nous admirons la statue de Peter Pan.

Bref, nous tuons le temps.

13 H 45

Nous nous installons dans un salon de thé plutôt chicos – mais Wi-Fi, s'il vous plaît ! – repéré auparavant et installé dans le même immeuble que la salle de ventes.

Je dégaine mon ordi de poche. Qui dit vente exceptionnelle dit moyens mis en œuvre exceptionnels. Christie's, via son site Internet et trois caméras, va retransmettre la vente en direct.

Je me connecte et vois Octave assis au premier rang. Il pourrait passer pour un intermédiaire envoyé par un acheteur étranger voulant rester anonyme. Deux vigiles sont postés de part et d'autre de la tête. Ces types, près de la porte, ne sont pas là pour l'amour de l'art. Ni les autres sur les côtés.

Le commissaire-priseur prend place derrière son pupitre. Je branche l'écouteur de mon MP3 sur l'ordi. Je prête une oreillette à Séraphin. Le silence se fait. Quatorze heures. La vente commence.

– Nous arrivons au lot numéro 15. Magnifique tête de chien en bronze du XVIIIe siècle attribuée à Giuseppe Castiglione et provenant de l'ancien palais d'Été des empereurs chinois.

La vente de prestige d'art asiatique ne présentait qu'une quinzaine de lots. Il y a eu quelques poussées d'adrénaline. Notamment pour un album de photographies anciennes et d'estampes, estimé 3 000 livres, qui a été adjugé dix fois plus. Avec la tête, on ne boxe plus dans la même catégorie. Tout le monde en est conscient, dans la salle comme derrière les écrans. On change de position. On se racle la gorge. On allume son portable pour se mettre en contact avec l'acheteur à Dubaï, Pékin ou São Paulo. Le commissaire-priseur, cabot, fait durer le plaisir en s'entretenant avec ses adjoints. L'assistance s'impatiente. Il revient à son pupitre. Un silence de mort tombe sur la salle.

Son marteau dans une main, il lance :

– Les enchères commencent à dix millions de livres. Dix millions au fond. Onze ici. Onze j'ai dit onze. Douze ! Douze millions... Treize millions à gauche.

Ça va vite. Très vite. Les enchérisseurs abandonnent au fur et à mesure que le prix grimpe à l'assaut des vingt millions de livres. Je gémis en reconnaissant un des trois derniers acheteurs qui bataillent.

Kolpaki n'est pas venu mais il a envoyé un sbire. Le gros bébé qu'Octave a gentiment endormi quelques jours plus tôt sur la terrasse lève régulièrement la main pour attirer l'attention du commissaire-priseur.

– C'est celui qui m'a attrapé dans la villa ? reconnaît Séraphin.

Je le vois serrer ses petits poings. Il aimerait dire deux mots à l'Ukrainien.

– Et celui-là ? s'exclame-t-il en me montrant un homme deux rangs derrière Octave. On l'a déjà vu quelque part...

Nom d'un chien ! Pierre de Vallombreuse ! Le conservateur du musée Guimet. Il enchérit sans doute pour le compte de l'État français... et abandonne. La tête a atteint les 30 millions d'euros. Du jamais vu.

Le troisième est un Chinois. Il paraît déterminé. Le sbire de Kolpaki s'éponge le front. Quels sont les ordres de son patron ? Va jusqu'à quarante millions ? Emporte-la à tout prix ? Tire deux balles dans les genoux de l'enchérisseur adverse ?

Le coup de marteau approche. Je branche discrètement mon mégadisjoncteur sur une prise murale, sous notre table.

– Trente-deux millions et demi pour monsieur. (Le « monsieur » étant le sbire de Kolpaki.) Qui dit mieux ?

Le commissaire lève son marteau.

– Cinquante millions, annonce tranquillement le représentant de la première puissance financière mondiale.

Cette fois, même les gens très bien élevés se tournent pour le dévisager. Le Chinois reste impassible. Le sbire est déconfit. Il écoute son patron au téléphone. Le commissaire-priseur lève haut son marteau.

– Cinquante millions une fois. Deux fois. Trois fois !

Il l'abat. J'enfonce l'interrupteur du disjoncteur.

Toutes les machines n'explosent pas dans des gerbes d'étincelles. Mais les lumières du salon de thé s'éteignent. Les caméras installées dans la salle des ventes renvoient une image noire.

Je récupère mon disjoncteur et on sort sur le trottoir avec Séraphin. Un coup d'œil me confirme que l'immeuble de Christie's a subi une méga coupure d'électricité. On entend des exclamations depuis les fenêtres ouvertes. J'espère qu'Octave a rempli sa mission. Les lumières se rallument déjà.

Je n'ai pas besoin d'être dans la salle pour savoir ce qui s'y passe.

Le commissaire-priseur frappe sur son pupitre pour rétablir le calme.

Les gens se lèvent, s'agitent, ont les yeux rivés sur un point précis de la salle de ventes.

Les policiers perdent les quelques couleurs que le soleil anglo-saxon leur a prodiguées.

La tête du zodiaque a disparu.

Les policiers sont efficaces. Ils bloquent tous les accès. Chacun à sa place. Personne ne quittera cette pièce avant d'avoir été fouillé. Octave, au premier rang, y compris. La tête pèse environ trois kilos. Le petit malin qui l'a subtilisée ne pourra jamais la faire sortir de l'immeuble. Les équipes d'investigation criminelle sont appelées en renfort. Le secteur est bouclé. Je vois des voitures de police débouler d'un peu partout, des policiers en surgir, des cordons jaune et noir être tendus... La rue grouille vite de représentants des forces de l'ordre.

Tant mieux. Plus il y en aura, moins on me remarquera.

J'accompagne Séraphin au square Saint James. Des enfants y jouent. Même si leurs parents sont plus intéressés par l'agitation qui règne à cinquante mètres.

– Tu m'attends ici, quoi qu'il arrive.

Ce n'est pas la partie préférée de mon plan : laisser Séraphin tout seul. Mais au milieu des bambins il sera à l'abri. Et il détonera moins que sur une scène de crime.

Je m'enferme dans les toilettes publiques attenantes au square. J'ai avec moi la grosse boîte à outils que nous avons achetée hier après-midi.

Je sors des toilettes trois minutes plus tard. Une combinaison blanche antistatique me recouvre des pieds à la tête et cache mes cheveux rouges. Je porte des chaussons de protection. Seul l'ovale de mon visage est visible. Et le badge de la police scientifique que je porte autour du cou. Je marche avec assurance vers le cordon de police, ma boîte à outils à la main. Et chaque pas qui me rapproche augmente la dose d'adrénaline dans mon organisme.

– Parais naturelle, je me conseille.

Un policier consulte mon badge et le compare à mon visage. Il soulève le cordon et s'écarte. J'entre dans l'immeuble de la salle de ventes.

15 H 30

– Eh ! Vous ! Attendez une minute…

Le policier qui m'interpelle est en civil. Les personnes qui assistaient à la vente ont été escortées dans une autre salle pour être identifiées, interrogées et fouillées. Elles n'en sortent qu'au compte-gouttes. La plupart n'a pas l'air d'apprécier l'expérience.

– Vous êtes seule ? Où est le reste de l'équipe ?

Je veux m'exprimer le moins possible dans la langue de Shakespeare. J'ai ma réponse type, du genre : I can come back later, if you prefer. Pourtant je sens que je vais me griller. Le type attend une réponse.

– Donovan !

Je confirme : il y a un dieu pour les voleurs.

Le sbire de l'Ukrainien a, semble-t-il, quelques faits antérieurs à se reprocher. On vient de coller un nom sur sa face d'ange.

Mon cerbère me laisse passer pour s'intéresser au gros poisson qui s'est jeté dans leurs filets. J'entre dans la salle.

Elle est vide. Les chaises sont en désordre. La console sur laquelle la tête reposait est éclairée par un faisceau de lampes LED. Je corrige : la console sur laquelle la tête *repose*. Car elle est toujours là même si personne ne peut la distinguer.

Je sais qu'on me surveille par le biais des caméras de sécurité. J'ai vu cette scène je ne sais combien de fois dans les séries policières. Alors je la joue détendue et professionnelle.

Je pose ma caisse à outils au pied de la console, en extrais un pulvérisateur à poudre et un pinceau en poils de martre. Je cherche des empreintes ? Non. En réalité, je vérifie qu'aucun système de verrouillage ne relie la tête à la console. Cela ruinerait notre plan.

Impossible de m'en assurer de visu. Je vais devoir opérer en aveugle. Je grimpe sur une chaise. Je tâte ce qui n'est pas du vide, sens la tête. Je me penche par-dessus, l'attrape sous le bras, tire. Aucune sonnerie. Je souffle. Je descends de ma chaise, je brasse quelques instruments dans ma boîte pour donner le change, j'y glisse le bronze.

Il était temps. Le masque de l'homme invisible dont Octave a recouvert la tête de chien pendant le black-out n'a plus d'énergie. Les écrans réfléchissants s'éteignent, s'opacifient, apparaissent. Je ferme ma boîte à outils et me dirige vers la sortie.

Le sbire de Kolpaki est allongé, sur le marbre, sous quatre policiers.

Je quitte l'immeuble. Je franchis le cordon. Je retourne dans les toilettes du square. Je me change et redeviens une charmante adolescente multicolore. Je cherche Séraphin des yeux.

Il est avec Octave. Je leur fais signe de loin et hoche la tête en essayant de masquer mon triomphe. Nous gagnons la station de métro la plus proche.

16 H 30

Dans le train qui nous a ramenés à Greenwich (la ville où nous avons laissé la Vagabonde), nous restons discrets. Pas de hurlements de joie. Aucun comportement suspect. Nous récupérons le Vévé dans son parking. Octave s'installe au volant. Il sort du centre de Greenwich, roule quelques miles et s'arrête sur le parking du premier centre commercial.

– Yes !!!

– On a réussi !

– On est les meilleurs !

Séraphin exécute une danse de victoire improvisée. Il exhibe son nombril, soulève son tee-shirt.

– Pas de strip-tease, par pitié ! j'implore.

De retour à Garges-lès-Gonesse, je surveille ce qu'il regarde à la télé. Promis.

Nous récupérons les deux premières têtes sous la banquette et dévoilons le chien. La triade produit un bel effet. Je n'ai plus qu'à alerter Dracula. J'ai rempli ma part du contrat. À lui de remplir la sienne.

J'envoie Octave et Séraphin faire quelques courses. Pendant ce temps, je me connecte et j'informe qui vous savez.

Il est derrière son écran car il me répond immédiatement de la façon laconique qui le caractérise, par deux mots : « Hawksker Foghorn. » J'imagine qu'il s'agit d'une localisation et je ne me trompe pas. J'évalue le temps qu'il faudra pour s'y rendre et propose, en retour, tout aussi laconique : « Demain midi. »

« OK » réagit-il avant de se déconnecter.

Les garçons reviennent. Octave a acheté du champagne, un gâteau dont le glaçage représente le docteur Métabolik, une collection invraisemblable de chips.

– Alors ? lance-t-il en rangeant ces bombes alimentaires dans le placard et le champagne dans le frigo.

– Dracula nous donne rendez-vous demain au musée du Loch Ness. À Drumnadrochit.

– On va voir le monstre du Loch Ness ? espère Séraphin.

– Il n'y a pas de monstre, assure Octave.

– C'est quoi alors ?

– Un robot géant envoyé par les extraterrestres. Il nettoie le fond du lac et remonte à la surface de temps en temps.

– Nimportenaouaque.

Je suis bien d'accord avec mon petit frère.

Nous quittons Greenwich, contournons Londres, prenons l'autoroute du Nord. On parle de nous aux infos.

Le porte-parole de la police fera une déclaration dans la soirée. La rumeur dit que la tête a été volée au nez et à la barbe des autorités. Un coup digne de l'attaque du train d'or. Merci les gars. Dans le cockpit de la Vagabonde, l'ambiance n'est pourtant pas à la fête.

Nous sortons de l'autoroute au nord de Northampton. Nous n'atteindrons pas notre destination avant demain. Il est temps de chercher un camping pour la nuit. Nous nous engageons sur une route secondaire, typique de l'Angleterre, étroite et bordée de bosquets.

Je me fiche de l'endroit où on va dormir. Je veux savoir qui est Octave. J'aborde le sujet par la bande.

– Pierre de Vallombreuse était présent à la vente ?

– Oui. Les policiers nous ont séparés en deux groupes, à la sortie, pour nous fouiller. J'ai eu chaud. On n'était pas dans le même. Il ne m'a pas vu.

– Tu avais peur qu'il te reconnaisse ?

Il me renvoie mon regard. Il se doute que quelque chose ne tourne pas rond. Big Ben sonne dans la radio. Il est 19 heures, nous assure la BBC. Nous allons avoir droit à un flash d'informations. Des infos ? Je suis preneuse. Il est question de nous, bien sûr. La célébrité ne m'apporte aucun réconfort. J'éteins le poste.

– Pourquoi tu avais peur qu'il te reconnaisse ?

Octave s'apprête à répondre lorsque mon téléphone lui coupe la chique. Je croyais qu'il ne fonctionnait pas en Angleterre ? Sauvé par le gong, l'Octave. Il ne perd rien pour attendre. Le numéro appelant est masqué. Je décroche, intriguée.

– Allô ?

– Bonjour.

J'arrête de respirer. Kolpaki.

– Mademoiselle Vagabonde. Enfin, je vous retrouve.

– C'est qui ? demande Octave.

– Je vous ai vue faire quelques emplettes sur un site Internet que nous fréquentons tous les deux. (Je commence à transpirer à grosses gouttes.) Vous savez qu'on vous repère très facilement avec l'adresse IP d'un ordinateur ?

– Qu'est-ce que vous voulez ?

– Que vous me racontiez dans le détail comment vous vous y êtes prise. Très joli coup. Si je n'étais pas en colère contre vous, je crois que je vous serrerais dans mes bras pour vous féliciter.

– Je crois que je refuserais.

– Je me suis dit la même chose.

– C'est qui ? insiste Séraphin.

Deux phares blancs, puissants, se réfléchissent dans les rétroviseurs.

– Vagabonde. (Le ton de Kolpaki a perdu toute trace amicale et débonnaire.) Je vais récupérer les têtes.

– Vous pouvez toujours courir.

– Je vais récupérer les têtes et enlever votre petit frère. Et vous serez impuissante. Totalement impuissante.

Kolpaki raccroche, me laissant le souffle court.

– Il se croit seul sur la route ou quoi ? râle Octave.

Le conducteur, derrière nous, est en pleins phares. Octave lève le pied pour qu'il nous double.

L'autre freine aussi.

– Abruti !

– Octave.

Il ne m'entend pas, concentré sur la conduite. La route étroite serpente dans un sous-bois duquel peut surgir à tout moment un animal sauvage ou le dieu Pan lui-même.

Le véhicule qui nous talonne, presque pare-chocs contre pare-chocs, profite d'un segment en ligne droite pour déboîter. Il commence à nous doubler. En me dévissant le cou, je reconnais un de ces véhicules militaires américains. Un Hummer. Je ne vois pas le conducteur. En revanche, le passager a baissé sa vitre. C'est un des hommes de Kolpaki. Il a une Kalachnikov entre les mains.

Octave le reconnaît lui aussi.

La rafale couvre le bruit de nos deux moteurs. Une dizaine de projectiles traversent la carrosserie du Vévé, les placards, le frigo… « La bouteille de gaz ! » je pense. Ces crétins vont nous atomiser. Alors que leur patron veut les têtes… et mon petit frère. Séraphin est bien accroché. Et il rigole. Il doit se croire dans un jeu vidéo.

Le Hummer caresse la carrosserie de la Vagabonde. Le rétroviseur gauche explose en mille morceaux. Je me décroche.

– Qu'est-ce que tu fais ?! hurle Octave qui se bat contre la route et le Hummer.

Je vais fermer la bouteille de gaz. Avec quoi pourrions-nous nous défendre ? Des fourchettes et des couteaux ?

Tout en m'agrippant à ce que je peux, je fouille les placards. Mes doigts trouvent le petit extincteur. J'ouvre la vitre au-dessus du lavabo. Le vent s'engouffre dans le Vévé, ainsi que le hurlement des moteurs. Je dégoupille l'extincteur, me mets en position...

– Accélère !

Octave a compris. Il appuie sur le champignon pour placer l'homme à la Kala au niveau de la vitre ouverte. Le poussah a l'air surpris de me voir. On pourrait presque se serrer la main. Sauf que les miennes sont un peu prises. Je lui envoie une giclée de mousse dans la tronche. Je parviens à vider la moitié de l'extincteur avant que le Hummer freine et se rabatte derrière nous. Je me penche par la vitre. Je balance l'extincteur mais rate ma cible.

Nous sortons du sous-bois. Autour de nous, des prés. Avec des moutons. Le Hummer fait rugir son moteur. Notre compteur affiche cent vingt à l'heure. Les hommes de Kolpaki repassent à l'attaque. Ils commencent à remonter la Vagabonde.

J'ouvre le frigo orné d'un joli trou bien rond. J'y attrape la bouteille de champagne. Je déchire la feuille de métal doré qui enserre le bouchon. Je tourne le muselet. La Kalachnikov crache à nouveau. Une vitre latérale est trouée, proprement. L'accroche interne de la rehausse, à l'avant, saute. Le toit se déploie à moitié. La prise au vent nous fait tanguer.

Le visage du tireur ainsi que la gueule noire et fumante de son arme automatique s'inscrivent face à moi alors qu'Octave multiplie les prouesses pour maintenir la Vagabonde sur la route.

C'est maintenant ou jamais.

Je secoue la bouteille de champagne comme si j'avais gagné le Grand Prix de Monaco. Je la mets à l'horizontale. J'aide, du pouce, le bouchon à voler de ses propres ailes.

Le tueur paraît surpris lorsque le bouchon de liège se précipite vers lui à plus de cinquante kilomètres à l'heure. Ce qui suit se déroule très très vite.

Le bouchon le rate de peu mais frappe le tableau de bord du Hummer. Les capteurs considèrent l'impact comme un accident automobile. Les airbags du tout-terrain se gonflent instantanément. Du tireur, je ne vois plus qu'un bras qui s'agite. Les coussins frontaux et latéraux ont, comme qui dirait, envahi son espace vital. Pareil pour le conducteur qui, sans visibilité, envoie son véhicule dans le décor.

Les tueurs sont chanceux. Une minute plus tôt, ils s'écrasaient contre un arbre centenaire. Le Hummer défonce une haie, rebondit sur un remblai, se couche dans la terre gorgée de pluie et la laboure avant de s'immobiliser, sur le flanc. Octave freine. Nous observons la carcasse du tout-terrain. Les moutons qui s'étaient éloignés en galopant conservent une distance respectueuse avec l'animal étrange qui vient de s'inviter dans leur déjeuner.

– Que ceux qui veulent s'assurer qu'ils sont en vie lèvent la main, propose Octave.

Trois abstentions. La Vagabonde redémarre.

Nous nous arrêtons une dizaine de kilomètres plus loin, dans une clairière en bord de route. La pluie se remet à tomber, doucement. Le staccato sur les feuilles a quelque chose de déprimant.

Je ramène et bloque la rehausse avec du fil de fer. Je fais le tour du Vévé. Les balles de Kalachnikov ont dessiné des trous parfaits dans la carrosserie. Rien qu'un peu de mastic et un coup de peinture ne sauront arranger. Un bout du pare-chocs arrière a sauté. Ainsi que le rétroviseur gauche. La vitre latérale est maintenant ornée d'un orifice d'aération. On a eu de la chance.

Non. Nous nous sommes battus. Et nous avons gagné.

Kolpaki m'a repérée à cause de mes connexions sur le site. À l'avenir, je serai vigilante. Je me suis fait un ennemi sérieux, du genre rancunier. J'espère n'avoir plus jamais l'occasion de croiser sa route. Mais mon petit doigt me dit que je me berce de douces illusions.

Octave se lave les mains dans le lavabo quand je remonte dans la Vagabonde.

Du sang se mêle à l'eau.

– Tu es blessé ?

– T'inquiète.

Mon côté infirmière se réveille. J'attrape sa main, remonte la manche, mets à jour une longue estafilade dessinée par une balle… ainsi qu'un tatouage. Un huit allongé. La boucle du diable. Le signe des douze. Je ne suis qu'à moitié surprise.

Octave ignore que je connais l'existence de cette... quoi ? Confrérie ? Kolpaki m'en a parlé alors qu'il n'était pas encore entré dans la danse. Il ignore aussi que le vrai Octave Dieuzaide est de retour à Paris.

Je déniche la trousse de premiers soins sous le siège passager. Je désinfecte la plaie. Je ne suis pas vraiment tendre avec mon blessé.

– Ça ira, soupire-t-il en récupérant son bras.

– Je ne pense pas.

Je me suis assise dans le siège passager. Octave est debout au milieu du Vévé. La pluie pianote sur la rehausse. Je lâche le morceau. Franco.

– Octave Dieuzaide a laissé un message sur le répondeur, chez moi. Il est revenu du Japon. Apparemment, la grève des contrôleurs aériens ne l'a pas empêché de partir, lui.

Séraphin écarquille les yeux. Le visage d'Octave n'exprime rien.

– Je ne pouvais rien te dire...

– Qui es-tu ?

Octave (il faut bien que je continue à l'appeler, d'une manière ou d'une autre) se palpe l'avant-bras.

– C'est quoi cette bande de douze ? Un groupe folklorique ? Une association de malfaiteurs ?

J'ai marqué un point. Son visage révèle surprise, puis résignation.

– Je suis désolé.

– Non.

Simplement non. Sans point d'exclamation. Je lui ai fait confiance. Je lui ai tout dit, ou presque, de moi et de ma famille. Nous avons risqué notre vie ensemble. Il a dormi dans mon lit. Non.

– Je ne veux pas d'excuse. Je veux une explication.

Je n'ai pas besoin d'ajouter : si je n'ai pas cette explication, je t'arrache le cœur avec une petite cuillère. En tout cas, je me concentre pour exprimer une telle possibilité.

– J'avais pour mission de te suivre. Et de te protéger.

Mission accomplie, je dois le reconnaître.

– Pourquoi ?

– Nous avons appris (Nous, les douze, je traduis.) que quelqu'un s'intéressait aux têtes. Ce quelqu'un était… ton père.

Donc, un journal ou un blog raconte ma vie et celle de mon géniteur. Kolpaki est abonné. Octave et ses copains aussi. Pas moi. J'adore.

– C'est vous qui l'avez enlevé ?

S'il répond par oui, je lui arrache vraiment le cœur avec une petite cuillère.

– Non. Nous n'y sommes pour rien. Mais nous devons à tout prix empêcher que les têtes soient réunies et que l'on reconstitue… la machine.

– La machine ? s'enquiert Séraphin, toujours à l'affût de nouveautés.

Une machine ? De quoi est-il en train de parler ?

– Les têtes en font partie. Elles et d'autres… éléments qui ont été dispersés aux quatre coins du monde.

OK. On est dans une mauvaise série télé. De plus, Monsieur Mystère truffe ses « révélations » de points de suspension. J'ai toujours détesté les points de suspension.

– Si je te demande à quoi sert cette machine, j'imagine que tu ne vas pas me répondre ?

Il se tait.

– Si je ne livre pas les trois têtes du zodiaque à Dracula, je ne reverrai jamais mon père.

– Rien ne dit que Dracula remplira sa part du contrat.

– Rien ne dit qu'il ne la remplira pas.

Nous sommes dans notre bon droit, Octave, moi et Séraphin. Même si ses raisons restent obscures. Nos routes se séparent ici.

Je sors de la Vagabonde, vais à l'arrière, décroche le vélo. Il n'a pas souffert de l'attaque. Je retourne dans la Vagabonde, m'assure d'un coup d'œil que les clés sont sur le contact, attrape le sac d'Octave et le lui donne.

Il serait incapable de me faire le moindre mal. C'est écrit sur son front. Ce mec est gentil. Pour autant, il ne peut pas rester avec nous. Je le pousse dehors. Je mesure une tête de moins que lui. Je compense avec ma détermination. Je referme la porte latérale de la Vagabonde.

– Boucle ta ceinture, j'ordonne à Séraphin.

Je démarre le camion, enclenche la marche arrière. La vitesse, mal engagée, grince. Les roues patinent dans la terre mouillée. Manquerait plus que je m'embourbe !

Je repasse la première, m'arrête au niveau d'Octave. Il me fait pitié, sous la pluie, à côté de son vélo.

Je baisse ma vitre. J'aimerais lui dire quelque chose de réconfortant. Je sèche. Alors je m'en vais. Séraphin se retourne et agite la main. Octave lui répond. Timidement. La route tourne rapidement. Celui que je pensais être un ami disparaît dans mon rétroviseur.

Nous roulons en silence pendant un bout de temps.

– Vous êtes plus amoureux ?

– On l'a jamais été.

Je commence à m'en vouloir. Et si Dracula est pire que Kolpaki ? Qui sera là pour me protéger ?

– Tu crois qu'il va aller au Loch Ness à vélo ?

– On ne va pas au Loch Ness.

J'ai menti à Octave sur le lieu de rendez-vous.

– On ne verra pas le monstre ?

– Non.

La pluie redouble d'intensité. Je mets un peu de temps à repérer la commande des essuie-glaces. Je dois rester concentrée. La conduite à gauche, c'est vraiment pas de la tarte. Surtout sous la pluie et sur une route aussi étroite.

– Trop nul, juge Séraphin.

– Trop nul, je confirme.

Dracula

J -238

Hawksker Foghorn. On pourrait le traduire par « la corne de brume du cri du faucon ». Une photo piochée sur Internet m'a montré une maison à un étage, blanche, avec des cheminées noires, construite au bord d'une falaise. Elle se situe dans le nord du Yorkshire, à 600 kilomètres de Drumnadrochit où Octave croit que j'ai rendez-vous. Qu'il y aille à vélo, en pédalo, en trottinette ou en jet frappé d'un gros 12, il aura du mal à nous rejoindre.

Hier au soir, nous avons roulé sur une route secondaire parallèle à celle que nous avions prise avec Octave jusqu'à ce que je commence à voir double à cause de la fatigue. On s'est arrêtés sur le parking d'un pub. Le patron a bien voulu nous laisser dormir là sans poser de questions.

Un vol. Une course-poursuite. Une trahison. La journée s'était révélée riche en émotions. Séraphin et moi, on a écrasé dix heures d'affilée.

Nous avons pris notre breakfast dans un supermarché. Puis nous sommes repartis en direction de Whitby, la bourgade la plus proche de notre destination.

À ce stade de mon récit, je me rends compte que, forcée par les événements, j'ai mis de côté tout ce qui fait la saveur d'un journal de voyage. J'aurais pu m'attarder sur les paysages, les mœurs, les coutumes locales. Excusez-moi. J'ai été un peu pressée par le temps. Je me rattrape donc avec Whitby où nous arrivons aux environs de dix heures du matin. Il faut dire que cette petite ville portuaire est – comment dire ? – particulière.

Déjà, c'est très joli. Les vieilles bicoques accrochées à la falaise. Les tombes de guingois dans le cimetière, tombes dont les noms ont été effacés par le vent et le sel marin. L'abbaye en ruines. La mer sauvage et grise. Les bateaux de pêche poursuivis par des nuées de goélands.

Voilà pour la carte postale. Penchons-nous maintenant sur la particularité.

Le temps de garer le Vévé et de chercher l'office de tourisme (j'aimerais que l'on me montre sur un plan où se trouve mon lieu de rendez-vous), je tombe en arrêt devant une vitrine. Vous commencez à me connaître. Vous vous doutez que je tombe rarement en arrêt devant des vitrines. Les jours de soldes, je reste planquée chez moi. J'étouffe dans les grands magasins. Ma garde-robe se limite à une poignée de vêtements fétiches que j'use jusqu'à la trame. Et pourtant, je tombe en arrêt devant cette vitrine.

Une copine d'Alphonse-Allais (vous savez, le collège où je suis censée me présenter… dans quatre jours) m'a dit une fois que j'étais une gothique fun avec mes frusques de toutes les couleurs. Pas faux. Si nous vivions dans un monde post-apocalyptique constitué de clans et s'il fallait absolument que j'appartienne à l'un d'eux, j'intégrerais un clan gothique. Les goths osent. Ils frôlent parfois le ridicule, mais ils osent. Et ce que je vois dans cette vitrine est l'étalage d'accessoires vestimentaires le plus invraisemblable qu'il m'ait été donné de contempler, sur le mode gothique comme vous l'aurez deviné.

Cuissardes. Corsets. Chapeaux ornés de têtes de mort. Des tibias en veux-tu en voilà. Je rentre dans la boutique, suivie par Séraphin. Un trône est installé à l'entrée. Le trône du diable. Hérissé de farfadets, marmousets, gnomes et autres créatures infernales. Il est magnifique. Je veux le même pour ma chambre.

Retour sur le trottoir. Dix mètres plus loin, une librairie… gothique. À l'intérieur, une cargaison de jeunes et de moins jeunes aux yeux cerclés de noir, pâles comme des cadavres, mais visiblement heureux d'être vivants et sur la planète bleue.

Nous ne sommes pas dans un décor de cinéma. Nous n'avons pas sauté dans un univers parallèle. Alors, quoi ?

À l'office de tourisme, l'hôtesse d'accueil m'explique, en français, pourquoi l'économie de Whitby repose en grande partie sur le satanisme joyeux. C'est ici que Dracula débarque dans le roman de Bram Stoker. Dracula dont je vais rencontrer un avatar.

D'accord. Nous avons affaire à un comique. Heureusement qu'il n'a pas pris HP comme pseudo et qu'il ne m'a pas donné rendez-vous dans le chemin de traverse. Ç'aurait été moins pratique pour moi, misérable moldue.

La corne de brume du cri du faucon. L'hôtesse nous a indiqué la maison sur une carte du coin. Nous sortons de Whitby en Vagabonde, montons sur le plateau, longeons deux immenses campings au milieu de la lande, prenons une route sur notre gauche. Elle nous brinquebale jusqu'à la maison de la photo. Deux trompes qui doivent servir à alerter les marins les jours de brouillard ont été montées sur le toit. Les volets sont ouverts. De la fumée s'échappe d'une des cheminées.

Papa m'a dit une fois : « Ce n'est pas le but du voyage qui compte, mais le voyage lui-même. » N'empêche que nous avons atteint un but. Et mon cœur bat vite et fort.

Je récupère les têtes. Je les fourre dans trois sacs séparés. Je descends de la Vagabonde. Mon petit frère me suit, la mine grave. Je lui ai expliqué l'enjeu de cette rencontre.

Un homme nous attend, assis sur un banc, face à la mer. Son manteau long, anthracite, sa casquette, ses lunettes noires, laissent voir peu de chose de sa personne. La peau de son visage est grêlée. Ses lèvres sont minces, presque inexistantes, comme brûlées. Il porte des gants de cuir brun.

– Dracula ?

Il sourit. Ses incisives ne sont pas effilées. Nous n'avons pas affaire à un véritable vampire.

– Vous avez les têtes ? demande-t-il dans un français impeccable, d'une voix rauque.

Je pose les sacs à ses pieds. Il sort les têtes de chien, de serpent, de mouton et les aligne sur le banc.

– Vous savez où est notre père ?

– Non. Mais je suis entré en contact avec ses ravisseurs.

– Ses ravisseurs ?

Dracula remet les têtes dans le sac.

– Ceux qui le retiennent prisonnier.

Merci. Je connais la définition du mot « ravisseur ».

– Qui ? Pourquoi ?

Un goéland apparaît à quelques mètres. Il nous observe, comme le renard à Londres, attrape un courant ascendant puis bascule vers le large.

– À mon avis, ces têtes y sont pour beaucoup.

– Je ne comprends pas. Il devait les voler pour vous...

– Je ne suis qu'un intermédiaire. L'acheteur final m'est inconnu. Mais soyez sûre que le rassemblement de ces têtes était une condition *sine qua non* à la libération de votre père. Vous avez œuvré pour son bien. Avec brio. Bravo.

J'ignore le compliment.

– Vous allez les revendre aux ravisseurs ?

– C'est une idée, me répond-il amusé.

Le rassemblement des têtes. Octave n'avait pas parlé d'autre chose avec sa machine mystérieuse.

– Quand ils les auront, ils vont libérer mon papa ? demande Séraphin.

Dracula reporte toute son attention sur mon petit frère.

– Laisse-moi deviner… Tu es en CE2. (Séraphin acquiesce.) Tu aimes l'école ?

Mon petit frère fixe son interlocuteur deux fois plus grand que lui et cent fois plus dangereux. Il repose sa question, des fois que l'autre soit sourd.

– Ils vont libérer mon papa ?

– Je ne peux rien te promettre. En tout cas… (Dracula sort un téléphone portable de son manteau et me le donne.) Ils vous appelleront bientôt.

Nous avons pris tous ces risques pour ça ? Pour qu'une personne inconnue m'appelle dans un futur indéterminé et me donne éventuellement des nouvelles de mon père ? Je suis tentée de balancer le téléphone dans le vide, derrière moi. Ou plutôt dans la figure de cet imposteur.

– Je ne vous ai pas dit que je vous rendrais votre père. Les choses sont plus compliquées.

J'hésite toujours. Dracula ouvre une sacoche posée à côté du banc.

– Je pense… je suis sûr que les ravisseurs tiendront parole. Mais je comprends votre réticence. (Il pousse la sacoche du pied vers moi. Je distingue des liasses de billets de banque à l'intérieur.) Voici trois millions d'euros. Un pour chaque tête. Prenez-les et restituez-moi le téléphone. Ainsi, nous serons quittes.

Je m'accroupis et farfouille dans le sac. Les billets sont rangés par liasses de cinq cents.

– Vous avez payé mon père pour le sanglier ?

– On ne m'en a pas trop laissé le temps...

Je compte un million et le fourre dans mon sac avec le téléphone portable.

– Ainsi, nous serons quittes, dis-je.

Dracula, amputé d'un tiers de son magot, m'étudie derrière ses lunettes noires. Je lui sais gré de ne pas les retirer. Je n'ai aucune envie de voir le fond de son âme.

Nous nous apprêtons à partir. Avant, je lui lance :

– Pourquoi avez-vous pris Dracula comme pseudo ?

– Le sang n'est-il pas le bien le plus précieux que l'on puisse voler ?

Nous remontons dans le camion sans tarder. Cinq minutes plus tard, nous sommes loin de la corne de brume. Séraphin s'est assis à côté de moi, à l'avant, sans me demander mon avis.

– Tu n'as pas le droit d'être devant.

– T'as pas ton permis de conduire.

Je soupire. Je n'ai pas de permis. Je trimballe un million d'euros en liquide. La Vagabonde a été truffée de balles. Si on arrive à passer la douane pour ramener le camion à Rochefort, je me décerne une médaille d'or.

– Tu n'avais pas des devoirs de vacances ?

– Quoi ?

On dirait que mon petit frère vient d'avaler une méduse aux épinards.

– T'es plutôt faiblard en maths, non ?

Son dernier bulletin n'était pas terrible, effectivement.

– C'est papa qui décide.

– Eh ben non. À partir de maintenant, c'est moi.

Séraphin se prend la tête à deux mains. Il n'avait pas perçu toute l'horreur de sa situation.

– Étant donné qu'un corps humain de soixante-dix kilos pèse trois tonnes en cas de freinage brutal, combien pèsera un petit garçon de trente-cinq kilos ?

Séraphin commence à se creuser les méninges... puis abandonne. Au lieu de répondre, il attrape une cassette audio et la glisse dans la radio. Dutronc. *Les Cactus*.

– Tu crois qu'on reverra papa ?

– Je ne crois pas. Je sais.

Séraphin enfonce la cassette dans le lecteur. Nous filons dans les plaines du Yorkshire, la mer à gauche, les moutons à droite.

Nous chantons à tue-tête et en chœur avec l'impertinent en chef :

– Le monde entier ! Est un cactus ! Il est impossible de s'assoâ-oâ-oâ-oâ-oâ-oir !!!

J'ai de quoi me décerner une médaille d'or. Ainsi qu'à Séraphin.

Le soir même nous sommes sur un ferry qui nous dépose, telles deux plumes d'ange, incarnation de l'innocence, sur le sol français. Deux plumes d'ange ? Mon œil ! J'ai les paumes moites, le cœur battant, la conduite plutôt aléatoire. Je cale deux fois en sortant du ferry. Sûr que les douaniers vont nous arrêter, découvrir le million d'euros, nous interroger sur l'origine du magot…

Le guichet de la douane est vide. Je suis presque déçue. Non. Somme toute c'est mieux ainsi.

Nous roulons une dizaine de kilomètres jusqu'à une aire municipale, venteuse et battue par la pluie. Nous mangeons des raviolis. Tièdes. Le gaz nous lâche en cours de route. On s'en fiche. On a réussi.

Back to France

J –237

On a réussi ? Le téléphone confié par Dracula ne sonne pas ce jour-là. Je le chargerai régulièrement pour le laisser allumé en permanence. Et je le garderai à portée de main, de nuit comme de jour, quelles que soient les circonstances. Il sonnera. Je ne peux pas vous expliquer pourquoi j'en suis si sûre. Mais il sonnera.

Nous rejoignons Rochefort, base arrière de la Billie Team. Le Capitaine ne paraît pas plus étonné de nous voir que la fois précédente. Par contre, il tique en voyant l'état de la Vagabonde. Ce sont surtout les trous d'impact dans la carrosserie qui le chagrinent.

– On a tourné dans un film d'action. (Je mens aussi facilement que je respire, une honte.) La production nous a donné de l'argent pour la remettre en l'état.

J'exhibe une infime partie de notre million d'euros.

– On ne tire pas sur la Vagabonde, martèle le Capitaine. Ce navire a une âme. (Il chausse ses lunettes 3D et fait un état des lieux des dégâts.) Je dirai à Nono de venir. (Il consulte sa montre.) Là, il est tard. (Il prend un air imposant et annonce sur le ton d'un chef d'Empire déclarant une guerre totale :) On va fabriquer une pizza.

– Ouais ! adhère Séraphin.

Il tape la main avec son grand-père. Je me gratte l'arrière du crâne. Allons-nous survivre à cette nouvelle épreuve ?

Garges-lès-Gonesse

J -236

Techniquement, c'était une pizza. Appareil de pâte à pain. Fond de sauce tomate. Garniture.

C'était aussi une carte, le Capitaine ayant tenu à ce qu'elle corresponde à la Terre du temps de Christophe Colomb. Nous avons suivi ses instructions pour découper les tranches de fromage en continent et disposer les olives caravelles, sans oublier la Chantilly pour les pôles.

Nous nous sommes partagé le monde en l'arrosant de limonade.

Nono déboule le lendemain matin. Nono est un mécano qui parle aux voitures. Lui aussi est chagriné par l'état de la Vagabonde. Il s'occupe d'elle depuis que papa l'a achetée.

– Dans quel état ils t'ont mise ? (Il enfonce un index osseux dans les impacts, sur le côté.) Depuis quand on tire à balles réelles sur les tournages ?

J'ai envoyé Séraphin et le grand-père en balade. Nono n'est pas idiot. Faut que je contrôle la situation.

– Ils voulaient faire plus vrai.

– Tu m'en diras tant.

Nono m'a toujours tutoyée. Il m'a portée dans ses bras tachés de cambouis quand j'étais bébé. Malgré sa chevelure hirsute, ses traits marqués et ses deux dents restantes, j'ai toujours eu confiance en lui.

– Vous pourrez la retaper ?

– À Nono rien d'impossible. (Il ouvre le capot moteur, à l'arrière, et plonge dedans.) P'têtre ben que j'vais faire quelques améliorations. La première a toujours du mal à passer ?

– Oui.

– On va lui refaire une beauté et une vidange. La rajeunir.

Je paie Nono cash. Au moins, il ne pose pas de questions.

Il est temps de partir. La rentrée des classes est pour après-demain et nous avons, entre autres, à apprendre à vivre seuls et à sauver les apparences. Le grand-père insiste pour nous emmener en Dodoche à la gare. Nono nous accompagne. On saute dans le 10 h 14 pour Paris.

– Embrasse ton père pour moi ! me lance le Capitaine avant que le train démarre.

Lorsqu'on sort de la gare RER de Garges-lès-Gonesse, on a l'impression d'avoir fait un très long voyage. Et c'est le cas. On monte à l'appartement. La chaîne a été remplacée par une serrure neuve. Notre concierge s'en est occupé. Il me donne les clefs et s'inquiète de l'absence de papa. Je lui sers le mensonge que je servirai à de nombreux adultes dans les semaines à venir : il est resté en Grèce pour affaires. Je suis assez grande pour me débrouiller avec mon petit frère.

Je m'attendais à pire. L'appartement a été fouillé, certes. Mais seuls quelques tiroirs ont été retournés.

Qui est venu ? Pour chercher quoi ? Cela a sûrement un rapport avec les têtes et la mystérieuse machine. Le répondeur n'a pas enregistré de nouveaux messages. Le courrier est plus inquiétant.

Des menaces. Toujours des menaces. Nous n'aurons bientôt plus d'eau, plus de gaz et d'électricité si nous ne payons pas nos factures dans les plus brefs délais. Nous sommes samedi, en début d'après-midi. Nous nous lançons dans une course contre la montre pour régler tout ce petit monde en liquide.

Il faut ensuite se rendre au commissariat. Le concierge a mis la police au courant pour le cambriolage. Ce n'est pas la partie la plus facile de notre retour dans le monde réel. Je vais mentir à l'Autorité. Et il faudra que je sois crédible. Sinon, nous ferons l'objet d'une enquête. La police découvrira comment papa gagne sa vie, que j'ai suivi ses traces. J'irai en prison et Séraphin sera envoyé à l'Assistance. Avec Kolpaki dans les parages, inutile de vous dire que cette perspective me rend malade.

Donc, direction le commissariat… dont on sort dix minutes plus tard. Le fonctionnaire qui nous a reçus a d'autres chats à fouetter. Si notre représentant légal veut porter plainte, qu'il se déplace en personne. Je suis d'accord à deux cents pour cent. Je passerai le message. Promis juré craché.

De retour à la maison, le téléphone – notre téléphone fixe – sonne alors que je ferme la porte au nez de notre voisine de palier qui s'inquiète de savoir si tout va bien. Max. Sa voix hésite entre le soulagement et la colère. On se donne rendez-vous pour le lendemain midi, aux puces. Je raccroche et commande une pizza. Une vraie. Pour parfaire la soirée, je loue un DVD. On regarde *Ocean's Eleven*, Séraphin et moi, vautrés dans le canapé. Un de mes meilleurs souvenirs de ces vacances de Pâques.

La fin des vacances

J –235

Dimanche. Un jour parfait pour établir des règles strictes. Nous allons vivre sans adulte pour une durée indéterminée. Il nous faudra respecter une discipline de fer. Soit : ranger, bien travailler à l'école, se coucher à des heures normales, se brosser les cheveux, etc., etc., etc.

C'est un peu mon angoisse par rapport à Séraphin qui a toujours eu tendance à ignorer les consignes. À tel point qu'on s'est demandé, avec papa, s'il n'était pas sourdingue. Mais il y met du sien. Et je ne suis pas obligée de crier plus de quinze fois dans la journée, ce qui constitue une moyenne acceptable.

Maxence nous attend dans sa boutique. Il attend aussi un acheteur d'art forain, un Américain, qui traîne sur les puces. Du coup, on mange sur le pouce.

Il m'écoute d'une oreille lorsque je lui raconte que nous sommes restés à Rochefort pendant toutes les vacances.

– Le Capitaine m'a dit que vous étiez partis avec la Vagabonde.

– Il a complètement perdu la boule. Et puis je n'ai pas le droit de la conduire.

Je teste mes yeux de Bambi sur Maxence. L'effet n'est pas très concluant.

– Vous êtes là, c'est le principal. Et en bonne santé.

– D'après toi, papa aussi il est en bonne santé ? lui demande Séraphin.

Je vous rappelle que c'est un petit garçon de huit ans donc imprévisible. Je tremble.

Je lui ai bien fait comprendre que notre aventure doit rester secrète. Sinon je balance ses cartes Pokémon aux quatre vents de la banlieue parisienne. La menace ultime.

Max nous rassure avec des paroles d'usage. Séraphin n'insiste pas.

L'après-midi, Octave Dieuzaide, le vrai, celui du Japon, rappelle pour son histoire de flexible. On déniche un quincaillier ouvert le dimanche et on va livrer un kit flexible-pomme de douche parc de Bercy.

Octave II ne présente pas beaucoup de points communs avec Octave I que nous avons abandonné sur une route d'Angleterre. Notre compagnon de voyage, aussi dissimulateur fût-il, me manque. Il manque aussi à Séraphin qui, comme moi, en sortant de l'immeuble et en traversant le parc, a le moral en berne.

– J'aimerais bien le revoir.

– On ne connaît pas son vrai nom, on ne sait pas où il habite, on ne sait même pas si lui aurait envie de nous revoir, je résume, implacable.

On rentre à Garges-lès-Gonesse et on se couche tôt pour essayer de reprendre le rythme de vie scolaire. Dans mon lit, je continue à réfléchir. Je pense à Kolpaki… Je me traite tout à coup d'idiote.

Les tueurs ont forcément vu la plaque minéralogique de la Vagabonde. S'ils ont vu la plaque, ils peuvent remonter jusqu'à son propriétaire et à son adresse.

J'appelle Rochefort et tombe sur le grand-père.

– Ah, c'est toi ? Tout va bien. Je m'apprête à localiser le trésor de Golconde.

Il me raccroche au nez. Maboul mais vivant.

J'ai gardé les papiers d'assurance de la Vagabonde. Je les consulte. Le fourgon est enregistré à une adresse fantasque. Ouf merci papa. Les pistes sont brouillées. Je m'endors rasséréné.

L'appel

J -234

Lundi, jour de rentrée.

Je dépose Séraphin à l'école et me rends au collège Alphonse-Allais qui est plutôt cool. On a nos débiles, mais ils ne sont pas trop méchants. En tout cas, ils ne s'attaquent pas aux filles en imper de cuir vert.

Je retrouve mes amis. Claire la lunatique. Wanda la démente. L'inénarrable Tiburce. J'ai paramétré le téléphone des ravisseurs sur le mode vibreur, ce qui m'oblige à garder une main posée dessus en permanence. On n'a pas sport, aujourd'hui. Sinon, je me serais fait porter pâle.

Plus les heures passent, plus ma patience s'effrite. Mon humeur devient massacrante.

Non, je ne me réjouis pas à l'idée d'affronter l'équipe de handball de Saint-Ouen-l'Aumône lors des prochaines rencontres intersportives du 9-5 !

Oui, mes vacances étaient super !

Non, je ne vous dirai rien de la Grèce !

Est-ce qu'on m'aurait roulée dans la farine ? Quatre jours que j'ai livré ces saletés de têtes ! Je me suis gardée de retourner sur voleurs.com mais ça me démange. Ne serait-ce que pour relancer Dracula. Qu'est-ce qu'ils fichent ?

À cinq heures, je quitte le collège, furieuse. Contre ceux qui m'ont trompée. Contre Dracula. Contre mon père. Contre moi-même.

Je suis sur le chemin de l'école de Séraphin. Alors que je m'apprête à traverser une rue, le téléphone sonne enfin. Enfin ?

Je redoutais cet instant. Je tremble en le sortant de ma poche, manque le faire tomber dans le caniveau, le rattrape de justesse. Je décroche et l'appuie contre mon oreille.

Un grésillement. Le sentiment d'une distance immense à franchir.

– Chérie ?

– Papa !

– Ne t'inquiète pas tout va bien. Je vais bien.

– T'es où ? Qu'est-ce qui s'est...

– On ne me laissera pas parler très longtemps. Écoute-moi bien Billie. Il ne faut pas que tu...

Le téléphone est arraché des mains de mon père. Il crie. Mais ce qu'il crie est inaudible.

Mon imagination me le figure traîné dans une autre pièce. Une porte métallique claque. Puis une deuxième voix, grave et filtrée électroniquement.

– Billie Bird ?

– …

– Vous êtes là, Billie Bird ?

– Écoutez-moi bien. Je vous retrouverai. Si vous faites le moindre mal à mon père. Je vous retrouverai et je vous tuerai.

J'ai dit cela en sachant que je joindrai le geste à la parole. Et pourtant, j'ai eu l'impression d'entendre une étrangère.

– C'est vous qui allez m'écouter. (Je tends le dos et obéis, le souffle court.) Vous avez bien travaillé. Nous avons les têtes et nous voulions vous remercier. Nous aurons encore besoin de vos services.

Les têtes. La machine. Les pièces manquantes.

Je ne ferai rien de plus pour vous. Vous allez libérer mon père !

Je l'ai pensé. Juste pensé.

– Nous vous contacterons dans quelques mois. Après votre brevet des collèges. Il faudra être studieuse et entrer au lycée. Les études sont importantes. N'oubliez jamais cela.

– Attendez !

Je l'ai senti prêt à mettre un terme à notre conversation.

– Et si je ne vous aide pas à assembler la machine ?

Un blanc. Mon interlocuteur ne m'a pas parlé de machine. Où ai-je pu l'apprendre ? se demande-t-il.

S'il me répond, c'est qu'il a vraiment besoin de moi. Et s'il a besoin de moi, c'est que j'ai encore le pouvoir de sauver papa.

Il me répond. Oui. Sa réponse me fait l'effet d'une douche glacée.

– Si la machine n'est pas assemblée dans deux cent trente-quatre jours, votre père mourra.

Et il raccroche.

Table des matières

VAGABONDE

Une trilogie d'Hervé Jubert

Tome 1

Les voleurs de têtes

Tome 2

Le gang du serpent

à paraître en juin 2012

Tome 3

à paraître en octobre 2012

L'AUTEUR

Né en 1970 à Reims, Hervé Jubert a étudié l'histoire de l'Art à Paris. Il a quitté la capitale et la fonction publique pour se consacrer totalement à l'écriture. Dans la collection Wiz chez Albin Michel, il est l'auteur de la trilogie de *Blanche*, de *L'Opéra du diable* et du *Palais des mirages*. Il a également suivi les traces d'Alexandre le Grand et de Robert Louis Stevenson pour l'École des Loisirs. Il partage sa passion pour le catch dans la série à succès *Catch a team !* chez Baam.

RAGEOT ✱ *THRILLER*

Paul Halter

Spiral

La lande bretonne. Une demeure isolée, au cœur de laquelle serpente un vertigineux escalier. Une pièce interdite. Un propriétaire inquiétant et ses invités. L'océan et le mystère se déchaînent. Tout bascule. Pas de réseau, aucune communication possible. Mélanie, qui s'imaginait passer des vacances tranquilles, s'affole et tente de prévenir son ami Quentin. Saura-t-il enrayer cette spirale infernale ?

RAGEOT ✱ *THRILLER*

Fabien Clavel

Décollage immédiat

Je m'appelle Lana Blum. Ma mère a disparu. Un homme me poursuit. Les rouages d'un incroyable complot se dessinent autour de moi. Je fuis. Je suis seule. Enfin, presque... Creep, un hacker, a décidé de m'aider malgré le danger. D'aéroport en aéroport, d'avion en avion, je n'ai plus le choix. Je dois être la digne fille de ma mère hôtesse de l'air ! Ce qui m'attend à l'arrivée ? Je l'ignore. Le plus dangereux, croyez-moi, ce n'est jamais le décollage, mais l'atterrissage...

Achevé d'imprimer en France en février 2012
sur les presses de l'imprimerie Normandie Roto Impression s.a.s.
Dépôt légal : mars 2012
N° d'édition : 5500 - 01
N° d'impression : 120488